泉韵咏流芳

冶金 著

山东文艺出版社

图书在版编目（CIP）数据

泉韵咏流芳 / 冶金著. —济南：山东文艺出版社，2022.12

ISBN 978-7-5329-6372-0

Ⅰ.①泉… Ⅱ.①冶… Ⅲ.①诗集—中国—当代②散文集—中国—当代 Ⅳ.①I217.2

中国版本图书馆CIP数据核字（2022）第216045号

泉韵咏流芳
QUANYUN YONG LIUFANG

冶金 著

主管单位	山东出版传媒股份有限公司
出版发行	山东文艺出版社
社　　址	山东省济南市英雄山路189号
邮　　编	250002
网　　址	www.sdwypress.com

读者服务	0531-82098776（总编室）
	0531-82098775（市场营销部）
电子邮箱	sdwy@sdpress.com.cn

印　　刷	山东顺心文化发展有限公司
开　　本	890毫米×1240毫米　1/32
印　　张	8.25　插页/4
字　　数	100千
版　　次	2022年12月第1版
印　　次	2022年12月第1次印刷
书　　号	ISBN 978-7-5329-6372-0
定　　价	58.00元

版权专有，侵权必究。如有图书质量问题，请与出版社联系调换。

作品《颂歌》在"向党旗敬礼"庆祝中国共产党成立九十周年济南市大型诗歌朗诵比赛中,荣获三等奖。

作者在2019年度"国泰民安国庆彩车志愿讲解"公益活动中，被评为"优秀志愿服务个人"。

诗歌《泉城赞歌》在"心灵的罗盘"——济南市诗歌征集暨朗诵大赛中获创作二等奖。

作品《泉韵流芳》在"我的泉水故事"征文比赛中获得三等奖。

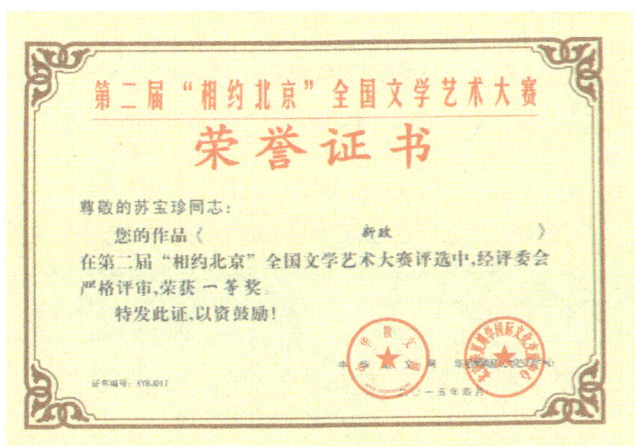

作品《新政》在第二届"相约北京"全国文学艺术大赛中获一等奖。

作者参加纪念中国人民抗日战争暨世界反法西斯战争胜利75周年艺术展。（左三书画为作者作品）

作者参加"讲好中国故事——第五届齐鲁故事大赛"，并获奖。

作者在济南作"乡土情结文化自信"推介报告。

济南历下创益园入驻社会组织合影。

弘扬泉城经典文化志愿者留影。

作者参加济南历下区"地名文化大家谈"开讲活动。

自序：谈谈我与写作

我从小在济南长大，我深深热爱着生我养我的这片土地。

当日历一页页撕去，我仍然充满了幻想。几十年的写作经历将我的思想慢慢地编织，我用一颗火热的心和双手创造着未来。抱着一束再燃希望的火花，把这段人生经历记录下来。这些东西，是我从记事到如今，就储存在记忆的库房里的。每当我静下心来回首往事，那情，那景，好似昨天刚刚发生，似清澈溪水昼夜在我身边流淌。这幅永不褪色的画卷，更不会因为时间的久远变得腐朽无味。

劳动人民披星戴月、风餐露宿、不分昼夜地建设着祖国的大好河山，怎能不叫我肃然起敬！这种感情的流露，或许是由于血液里流淌着孔孟之乡的基因，或许是因为济南泉水的滋润，也或许是基于对那一段生活有着强烈而深刻的感受。所以，我在1989年春就开始为写作做准备。

当我感到有"米"下锅时，我紧绷多年的心弦松弛了许多。然而喜悦之余，却也透着不少遗憾。真正动起笔来并不觉得轻松——反而感到笔尖沉重。因为时间的流逝，有些场景和镜头已过去多年，追忆起来相当吃力。当熟悉的往事逐渐遥远时，思想上难免会产生一些压力。我一点一点地越过时间的缝隙，追寻历史的痕迹，看到的是点点滴滴沧桑岁月。落笔之前，思绪不断地在挣扎，脑海里已是翻江倒海的痛。痛苦的是自己的学历尚浅，怕玷污了文学这片高贵的土地。但是我与生俱来的对文学的那份倾慕和敬仰，强迫我下笔描述烙在心灵上的一点印迹，是感情的魔力把我领进文学这块土地。

踏上新世纪的征程，听到岁月的脚步不停地奔跑，好像清晨刚刚登舟，傍晚就看到了彼岸。这种一日千里的速度，让我时刻有紧迫感，总觉得手头有个"任务"尚未完成，而且这个"任务"迫在眉睫。所以我翻开这段记忆，不惜一切代价，不再犹豫徘徊，甘愿一路艰辛一路受累，历尽沧桑有喜有悲，走进黄昏方悟时间的珍贵。我放下手头的许多事情，抓紧时间到处去查资料。我喜欢一个人用笔去旅游，记下那一站又一站的风景。我更喜欢凄美忧伤的文字，它会把我的梦想点亮，变成无限的永恒。把今天变成昨天，又把昨天变成历史，让我永远地思念。我用一颗虔诚的心，守护着梦想，等待它实现。几年来，我默默地把所有汗水都洒在了文学这块土地上，灵魂得到释放。在写作过程中，我始终保持着良好的心态。自己立下誓言，将《女足九号》主题歌作为座右铭："……女儿有胆走过艰难坎坷，女儿有志心中常驻芳华……让梦想成真，让信念开花。"我的笔尖从生活的源头一路走来，也从中获取了很多东西。它或者是一颗石子，或者是一粒泥沙，或者是一株小草，或者是一棵苦菜……这些东西都让我如获至宝。我欣赏石子、泥沙的朴实，也品尝过小草和苦菜的"甘甜"。

收藏是一笔"财富"。我把几十年生活中的体会收藏在我的笔下，编织起一曲美妙的乐章，在人生的五线谱里，或绮丽，或雄壮，或许是一段悲泣的乐曲，也或许是一段欢快的歌唱。

当晚年的钟声奏响时,希望能敲出人生的价值来。

有人问过我,你为什么这样劳心费神地写作?我坦诚地告诉他,是过去那段生活经历,逼着我拿起笔来。搞文学创作,对我来说确实是一段"文化苦旅",但是,我想把梦里的这段故事讲给大家听,许多人会觉得很有趣,也会引起更多人的共鸣。

逝去的岁月,永远有回味无穷的滋味。虽然每个人都有自己的往事,但回忆的内容有天壤之别。往事悠悠,让我感到生活的充实。我有许多往事,一直不停地在我血液里燃烧,迸发出扑不灭的火花,给我增添了许多活力。故事里的每一个字,都和我有着深厚的感情。我每天都穿行在有哀伤,有悲痛,有苦,有甜的字里行间。这些文字所呈现的,或许并不是我一个人的经历,倘能引起更多人的共鸣,便更可称得上是刻骨铭心的生活写照。

我把平平淡淡的人生描绘出来,以表达我对过往的追忆,这也是我对生活的一种态度。现在我已将写作视为生活中不可或缺的一部分,因此我下定决心,再也不能虚度晚年这段好时光,争取在有生之年,珍惜"今日"最宝贵的时间,努力完成下一部作品。

命运不过是懦弱者的自慰和解嘲。勇气能征服一切,当然也能改变命运,它还会在磨炼中成长壮大。

谨以此书献给我挚爱的亲朋和那些尚在艰难困苦中奋斗的人们，希望你们能在书中获得些许生活的勇气……

目　录

诗　词…………………………………… 001

楹　联…………………………………… 027

诗　篇…………………………………… 031

散文诗…………………………………… 157

散　文…………………………………… 209

后　记…………………………………… 245

诗词

忆江南·梨花

长亭外，素颜似天骄。
雪景轻笼三月柳，美女欢娱对良宵，
春梅笑弯腰。幽栏下，情侣乐逍遥。
万点香魂堆锦绣，一山银露透玉袍。
鲜花落成潮。

鹧鸪天·茶

香茗碧绿荡乾坤，千杯万盏情谊深。
逍遥不尽风流事，举觞收藏益友心。
衢柳巷，泉水樽，美景只在茶中寻。
良师含笑悄然至，百花洲头会知音。

阮郎归·颂党恩

高举镰锤百年春,华夏主乾坤。
今逢盛世立功勋,党是引路人。
骑骏马,驾飙轮,红船碾旧痕。
美丽江山永常存,牢记先烈恩。

鹧鸪天·东方雄风

护国为民头颅抛,挥泪洒血举钢刀。
一声呐喊天地动,千军万马破敌巢。
英雄胆,神龙镖,跨江赶美红旗飘。
今朝华夏虎貔舞,江山锦绣亿民骄。

鹧鸪天·春

天涯艳阳碧草深,千山留有马蹄痕。
逍遥不尽东风事,举觞收藏三月心。
琼玉露,银杯斟,美景尽在酒中寻。
桃花园里引蝶舞,梅林莺啼满山新。

浪淘沙·远山

晚霞映礁石,残影留枝。海鸥难觅绿荫池。
红叶高山空探海,岭上忧思。
寒露漫秋枝,雨燕情痴。喜鹊田间啄美食。
狂人追梦含辛苦,唯我自知。

秋波媚·陶醉烟雨楼

雪片柳丝荷含羞,天外燕难留。
莺鸽巷里,鹊华桥上,听语闻啾。
明湖好色悬轩处,碧水载舟游。
吟诗作赋,品茶饮酒,长醉烟楼。

鹧鸪天·秋菊

一片冷香生碧园,落金抹翠玉眉弯。
喜看九华三分景,又照清风孤迎寒。
画入水,映貂蝉。惊鸿留影寿延年。
游人难把情思断,月下霜花坠满天。

临江仙·展画瓶

咆哮黑虎天赐水,波涛涌遍泉城。

莺歌燕舞展画屏。

明湖游客醉,岸边绿荫浓。

碧水蓝天送彩绘,奇山丽景青松。

趵突落轮撒晶莹。

美名传天下,人在浪中行。

戚氏·呼唤

炮声喧,天涯海角浪潮翻。暮昼湿衫,
骤风急雨过江南。心寒,碎江山,
遍撒烟雾锁平川。横峦叠嶂弹密,
恨瞳眸含泪无眠。霜掠秋草,鸿飞何处,
聚荒凉入深渊。蜡梅花陨落,邪念难灭,
封闭边关。口吐狂言空谈。长夜漫漫,
旭日破晓天。阳光道,照明彼岸,快马加鞭。
莫盘旋,残剧不再重演。翰墨绘佳篇。
五星引路,玉斧敲钟,旅雁展翅凯旋。
曙色披银露,锦绣前程,浩气冲天。
举目旌旗璀璨,唱国歌废旧曲欣然。
漂泊游子笑开颜,摇旗呐喊,
今把乾坤转。劝贼寇,休想把我犯。
并双肩,骨肉相连。两岸亲,早日团圆。
架彩舟,共享艳阳天。
翠容春幕,情穿万里,爱满人间。

南乡子·中秋迎国庆

碧荷恋秋阳,鸿雁南飞排成行。红色江山映辉煌。
点亮,应是菊园画彩妆,月圆情思长。
祖国处处凯歌唱。琼楼玉宇朝霞近,
无限荣光,天上人间共举觞。

采桑子·潜园

金风摇曳映翠楼,目染浓妆。
曲径幽廊,碧谷斑斓硕果香。
倩姿悠扬披锦绣,雅室"珠"宝藏。
揽尽豪情,"惹来"无数贵客共举觞。

水调歌头·灭瘟疫

新冠来肆虐,扁鹊逮毒蝎。
南山火速出征,决斗灭瘟魔。
足踏险情逆上,敢把乌云撕裂,汉城浪花叠。
声啸啸,旗猎猎,上飙车。
整装待命,吹响警笛唤民觉。
万众一心迎战,死守严防举措,华夏大团结。
天使除疾病,神州奏凯歌。

最高楼（两首）

一

长河外，心系挚友情，倦鸟柳枝迎。
春风唤醒陈年曲，细雨奏响管弦钟。
天蓝蓝，云淡淡，彩霞红。

二

杯中酒，落满银河星，月下念秋冬。
一腔热血写春夏，青丝染上雪几层。
转瞬间，斜阳里，暗伤情。

清平乐·喜迎盛世

群星璀璨，焰火冲云天。
庆我中华传喜讯，万里江山红遍。
峥嵘岁月复兴，波澜壮阔奇观。
锦绣前程无际，神州盛世万年。

如梦令·会友

火树银花新秀,艳丽彩灯如昼。
一碗热元宵,一束玫瑰情厚。
依旧!依旧!手捧鲜花等候。

临江仙·游湖

柳絮乱飞洒两岸,绿荫遮影红山。
小桥流水杏花填。佛山竖倒影,美景含九烟。
画舫清波观五色,这边不亚江南。枝头翠鸟凯歌旋。
湖中金鱼满,碧水万顷田。

苏幕遮·思乡曲

故乡情，割不断，路远山高，何日能相见。
绣楼孤女茶难咽，望断天涯，梦里常思念。
露甘甜，景秀丽，满地珍珠，漱玉穿金线。
四季如春柳两岸，趵突腾空，泉水常相伴。

踏莎行·无奈何

月下蹒跚，孤影露宿。沧海逆旅无人睹。
人生苦短晚秋邻，龙钟鹤发仍如故。
世态炎凉，谁能点悟。桑田踏尽崎岖路。
多年心血复东流，笑中暗藏泪千斛。

苏幕遮·重阳节

雁南征,黄叶落,九月金秋,丛菊撒满地。
五色花糕甜如蜜,雅客登高,又把旧情续。
闻花香,插茱萸,玉露一壶,狂饮无醉意。
重阳佳节吹风笛,望乡台前,美酒祭先帝。

踏莎行·春

苊草初醒,柳行落絮。田园麦浪迎春雨。
龙腾二月响惊雷,垂杨银杏吐新绿。
柏树丛中,鲜花烂漫。青山脚下蜂采蜜。
蝴蝶蟋蟀又复生,呢喃古城喜相聚。

燕山亭·社区文化

文化社区,杰作聚焦,圣地百花齐放。
老有所为,落笔成章,诗情至高无上。
弘扬文化,知识广,探索遐想。
请看,硕果在晚秋,神采飘荡。
书法隶篆有神,古风韵潇洒,趣闻千丈。
喜闻乐见,谱写华章,都为祖国歌唱。
亮节高风,文笔秀,情深意长。
而今,庆盛世,再绣辉煌。

临江仙·求学

年近古稀有豪志,驰骋学海攀登。才疏墨淡难钻攻。
虽读书万卷,下笔确无声。
常恨此生难圆梦,耕耘春夏秋冬。铁杵磨针下苦功。
只求不掉队,不为竖伟丰。

陈年旧曲

墙外流血,流汗,流泪。

墙里酒酸,肉臭,金锈。

蛀虫吸尽百花露,神仙难修复。

红门隔断天涯路。

泣破苍天无人语,玉皇也无助。

鹧鸪天·春雪

飞旋桃花瑞景增,素装镶岸映青松。

庭前梅艳沾银露,云雾飘红撒玉绒。

添雅色,染凉亭,窈窕淑女舞姿琼。

暖风吹散冰川梦,洗净园林换绿彤。

满江红·诗坛玑歌

词赋珠玑,弹金曲,群星闪烁。
唐宋韵,鸿鼎显赫,绮霞雕琢。
翰墨竹简留神笔,二安故里吹银唢。
英杰俊,演佳作,墨客颂,锦旗获。
玉笛鸣国翠,凤台响铜锣。
碧水飞珠迎贵客,炎黄赤子豪贤多。
搭彩桥,筑骚坛先车,同声贺。

燕山亭·月是故乡明

碧水松涛,屏障峻岭,绿景轻纱叠影。
琼树玉池,赤点丹彤,巧立燕京皇厅。
彼岸桃园,麦城脚下做美梦。
蒋政,紧锁域门关,寸步难行。
游子眼望冰川,诉冤向谁送,泪如潮倾。
黄泉赴命,憾事无穷,谁知旅魂寒冷。
落叶归宗,今世难报秉涵情。
期盼春两岸,同胞情浓。

踏莎行·雪中梅

暮云琼花,群山献瑞,蜡梅寒雪喜相会。
同居一处映朝晖,朦胧万籁三江醉。
冻树红媒,清香无味,瑶池泻玉双蕊坠。
今朝幻想入冬归,春风扫尽无穷泪。

清平乐·新年

瑞雪相伴,五彩灯璀璨。
辞旧岁喜摆盛宴,互敬美酒一盏。
贺新春庆丰年,远方喜讯频传。
共享祝福佳音,拜年铃声不断。

十字令·献给《生活日报》的元旦贺词

生活日报都市一面旌旗,除恶扬善树新风主正义。
今朝辞旧岁展未来宏图,明朝迎新年再创新佳绩。

这首《十字令》刊登在2013年1月1日,《生活日报》第6版。

鹧鸪天·雪

腊月琼蕊开满城,大街小巷洒晶莹。
天宫摆下桃花宴,玉亭潆洄铺新冰。
敲砚瓦,洗青松,佳音频传好心情。
皎洁峻岭疏白柳,银光落满此山中。

鹧鸪天·相思

一盏屠苏入我喉,两鬓染霜以深秋。
人生难得几知己,多少相思为谁留。
衰草黄,颜容收,红花碧叶付东流。
饮尽世间苦辣酒,笑迎夕阳踏晚舟。

虞美人·秋菊绽名泉

深秋雪霁艳阳照,胜似仙园娇。
前来赏菊探名泉,琼殿紫金粉玉、翡翠妖。
银杯甘露仍如旧,往返黄昏后。
飘香目染入眸瞳,美景痴情皆在、画堂中。

九张机

长城内外有谁知,一段姻缘苦泪滴。
香消玉碎情依旧,齐山谱写九张机。

一张机

春花落尽北风袭,茫茫塞外生凉意。
长城脚下,夫君怎耐?孟姜送寒衣。

两张机

天遥路远倦鸟稀,密林深处情难续。
当年花烛,不得团聚,从此两分离。

三张机

西风瑟瑟雪花飘,昼行夜宿无人晓。
险滩路阻,山崖陡峭,心如热油浇。

四张机

只瞧残月挂树梢,幽灵处处山鹰叫。
范郎何处?苍天不语,一路泪不消。

五张机

边关噩耗话频传,痴女不解离愁怨。
唉声长叹,肝肠寸断,轰倒城一片。

六张机

亲人此去无归期,心焚玉殒身孤寂。
贞女之志,魂飞天外,忠骨染红泥。

七张机

红尘滚滚话凄凉,鸳鸯故事永不忘。
天堂共享,情深意长,真爱感四方。

八张机

烈女齐鲁树丰碑,金星璀璨放光辉。
往昔倾城,今朝景美,绳系日朝随。

九张机

几回落叶几回春,颂歌一首唱到今。
品德长存,人间共赏,古今美名垂。

七声阮·红尘曲

一声阮

滚滚红尘轮回转,落寞凄凉入心田。
踏遍山川,历尽艰难,纡徐路途险。

二声阮

商街徒步迎风展,满怀忉怛已茫然。
日落浑天,狂风乱撵,到处是泥潭。

三声阮

苦辣酸甜载满船,沧海两岸豺狼喊。
岁月无情,举步维艰,时刻把心悬。

四声阮

阴霾笼罩愁思满，窗前月下含泪弹。
弹尽秋凉，弹尽悲欢，弹尽风烛年。

五声阮

芭蕉树下黄叶散，花陨枝损无人管。
一阵秋鞭，抽瘦青山，满地残花卷。

六声阮

溪水湖畔银装点，风扣长亭十里寒。
遥望北斗，月笼冰山，问君何处暖？

七声阮

陋室青灯难入眠，倦鸟归林难尽言。
醉也拨弦，梦也拨弦，哪里是桃园？

七段筝·炎凉居

第一筝

呱呱坠入苦水中，征途路坎峭壁横。
悬崖常遇，狂风常迎，沙漠遥伶仃。

第二筝

疏影深巷叹今生，一双眸子望寒宫。
桑田孤旅，如踏薄冰，深渊万千重。

第三筝

霜打枫叶满山冷，秋雨寒夜伴我行。
两鬓白雪，残花落尽，红泪叠几层。

第四筝

北风瑟瑟吹三更,妪人凄凄侧耳听。
翻破黄卷,阅尽人生,激情总是空。

第五筝

一片乌云染窗棂,伴弦残月影无踪。
暴雨如烟,隧道泥泞,前程路不平。

第六筝

岁月蹉跎憾无穷,一首清歌用笔耕。
耕尽辛酸,耕尽严冬,耕尽沧桑情。

第七筝

此曲唱罢到五更,怀抱古筝吟几声。
吟尽春夏,吟尽秋冬,吟尽黄粱梦。

楹联

曲水流觞传佳话
荷香送韵舒雅情

千山松涛美如画
万顷竹林入诗心

泉城美景升紫气
齐鲁青山披绿纱

雪地洒满飞鸿影
青山到处飘彩虹

炎黄子孙创造辉煌文明史
中华儿女谱写繁荣盛世歌

碧枝拥千绿朵朵鲜花迎盛世
翠叶坠万紫片片红涛送吉祥

驾飞船翱翔太空开辟宇宙新路
乘潜艇探索海底打开神秘大门

中国共产党书写百年宏图长卷
华夏儿女驾祥云万代主宰乾坤

三堆白雪数杯银露百脉呈祥诗书万卷何必向庙宇求助神仙
一湾曲水满园幽香八面玲珑华章千篇无须进玉殿拜见佛祖

泉城谱华章，泺源出栋梁，汗水育竹成长，便是壮志良友
齐鲁奉献多，玉树结硕果，雨露浇灌绿丛，可为宏毅俊杰

诗篇

小 另

一字小另

一轮圆月一闲楼,一湖幽境一山眸。
一城霓虹一岸柳,一人独恋一洁情。

南山小另

山悠悠,水悠悠,清波石上流。
风萧萧,云飘飘,岚烟空中游。

五律唱和小辑

芳春难留住,闲云尽逍遥。
瑞雪天空暮,细雨洗新潮。
南苑寻绿草,北海访紫娇。
东方升旭日,夕阳化彩桥。

心　境

早看朝阳，晚观彩霞，
春赏红梅，夏闻荷花。
秋结硕果，冬品香茶，
让爱洒满，海角天涯。

佳　宴

鸿爪留踪宴，醉倒世人一片。
倾慕手扶案，举觞狂饮魂变。
终身也无憾，奇才问世惊叹。
百读不厌倦，今生与它相伴。

雪

激情半空舞,严寒我征服。
谁把花来护,大地是归宿。

感　恩

愚者扣圣门,贤士有回音。
礼比泰山重,何时报此恩。

各不同

琼壁雕成器,朽木难刻笛。
钵盂击成罄,绿管奏金曲。

浪中行

身居陋室亭,夜伴读书声。
立下宏图志,踏浪奔前程。

雪中梅

琼花绽银堆,满天玉蝶飞。
素纱叠翠景,暗香迎春归。

茶之韵

人间有珍品,饮茶似仙君。
玉斛清幽绿,银杯荡乾坤。

前途光明

彩舟点渔灯,化作满天星。
党旗指航向,曙光照前程。

荷塘奇观

翠莲净无尘,仙女摆彩裙。
碧荷生幽静,并蒂美绝伦。

霞光四射

济南甘露泉水突,古城玉盆天下无。
明湖泛舟入仙境,佛山丽景照征途。

自我陶醉

绿柳香风疏雅情,花芳枝翠落燕莺。
仙境蒂开祥云驾,瑶池弹琴玉弦鸣。

竹　林

虚心身正悦清风,疏枝密叶映碧空。
雅笛天籁传神曲,天寒地冻不改容。

农家乐

轻纱叠嶂隐清流,农家小院赛王侯。
玉园府里饮美酒,果实丰硕庆丰收。

红 都

英雄事迹满城都,先烈光辉照五湖。
自古尽有豪情志,海右名郡人才出。

春 姑

桃园飘雪雨燕旋,山间花絮落满天。
喜鹊枝头唱小曲,蝴蝶绿丛戏牡丹。

冰

午夜星光照窗前，谁怜媪妪已无欢。
寒舍独自听风语，灯下孤身观月残。

喜临门

旭日开窗瑞气增，巧拙小调赞诗翁。
呼闻良友传喜讯，忙在门前点慧灯。

漫步泉城赏清秋

碧水菊韵满城娇，金秋黄花独自飘。
明湖笑迎八方客，月牙泉边人如潮。

颂芳华

志愿团队绽芳华,古城碧水育新芽。
承前启后做奉献,齐鲁文化传天涯。

仙女飞

一夜寒风白絮飘,万象更新金菊娇。
千里冰封芳菲尽,六角银片似海潮。

无 题

慢品人生细品茶,夕阳路上赏晚霞。
暮年无忧开心过,常想一二忘七八。

九九重阳

山间秀色景迷魂,重阳喜迎赏菊人。
眼看秋深夕阳落,空谷幽壑远红尘。

一方独秀

红莲并蒂艳明湖,杨柳葳蕤入画图。
济南泉水甲天下,古城到处洒珍珠。

佛山遐想

千尊佛像隐深山,瀑布银珠碧水连。
遥望松涛赏青翠,奇峰怪石藏甘泉。

冬

腊月寒风刺透心,千里冰封万象新。
瑞雪兆丰祥云驾,满山蜡梅挂白银。

填　格

解谜良方书里寻,老骥加鞭追骚魂。
哪怕狂风暴雨骤,翻山越岭觅知音。

梦难圆

今夜无眠忆少年,挑灯奋战追圣贤。
人生苦短难圆梦,转眼红尘成笑谈。

阳光总在风雨后

狂风暴雨路泥泞,冲破乌云伤未平。
雪后总有阳光照,天高海阔任我行。

秋　菊

雁过南山鸟入林,玉女舞袖画图新。
寿客身披黄金甲,百花谢尽我独尊。

水仙花

鲜花粉黛室生辉,清香扑鼻窗前飞。
不住荷塘吻绿水,满枝碧翠报春归。

碧云间

彩霞漫步伴云行,苍松翠柏惹鸟鸣。
佛山倒立潜湖底,明湖芙蓉入画屏。

求 学

自从踏入圣贤门,登上书山攀古今。
求知不惧寒窗苦,今生有幸遇知音。

夕阳红

岁月峥嵘笔不休,情思总在墨池游。
荏苒光阴不虚度,银花绚丽迎晚秋。

步步高

华夏江城金碧容,脱贫致富顺民情。
青山叠翠彩蝶舞,盛世龙翔万马腾。

雪

银花怒放一夜开,珠光峻岭映瑶台。
大地喜迎不速客,天边远眺成碧海。

咏　梅

垄断红尘淡雅妆,一枝独秀揽群芳。
冰清玉洁挂银树,不惧严寒傲雪霜。

夏

一片海棠染苍穹,千束红樱撒碧彤。
万里松涛清骨秀,四面芙蓉露粉容。

巾帼风采绽芳华

巾帼标兵放光辉,爱岗敬业树丰碑。
美丽能赢三春景,含笑不输千束梅。

改地换天

往昔先烈立战功,热血腾空化彩虹。
喜看今朝逢盛世,江山万里展新容。

国庆畅想

举觞华诞锦旗扬,赞歌嘹亮献给党。
祖国踏上复兴路,再驾飞舟向远航。

青山叠翠

春光一缕绣罗裙,红绿长堤起波纹。
花潮十里香成韵,无诗愧对好良辰。

风景在远方

跨越悬崖过险滩,长途跋涉路艰难。
若是人间无来日,谁拿生命赌明天。

三更鼓

彩灯高悬挂春枝,一肩秀发添银丝。
午夜钟声翻旧历,旭日东海展新姿。

泉城美

泉城美景鬼神工,银杯玉盏碧波行。
芙蓉垂杨岸边柳,趵突明湖设豪庭。

人间仙境

瑶池泻玉落人间,白鹭衔来翡翠簪。
上帝赐给西湖景,王母赠送蟠桃园。

青纱帐

绿地岚烟细草萌,青纱翠谷绕长亭。
东君漫步催禾绿,荷塘深处伴舟行。

秋　菊

九华绽放嗅晚香,傲立金秋迎雪霜。
高洁华丽真君子,寿客延年待重阳。

明湖夜景

明湖彩灯挂树梢,窈窕荷仙池里娇。
月影婆娑拖玉镜,霓虹到处搭彩桥。

箴 言

诗词字画勤耕耘，付出八两换半斤。
自古成功无捷径，横心铁杵磨成针。

春

群山翠枝疏柳条，杏雨梨花雪里飘。
亭前一幅山水画，院后红梅分外娇。

迎 春

草地偷开浅碧花，梅梢绽放小红芽。
园中时有蝴蝶舞，绿岭蓝天飞纸鸦。

咏 春

鸢飞鱼跃燕归城,萱草山间露新容。
蜻蜓河边戏绿水,梨林桃园似雪拥。

午夜遐想

遥望蟾宫乱我心,狂饮屠苏醉还斟。
风吹玉笛听雅调,哪家骚客惊明君。

难回首

回忆昔日心内羞,追回补过药难求。
经折吸取指今路,再踏平途鸣翠柳。

牡 丹

当初落户帝王家,雅姿含笑绽丹霞。
富贵端庄千里雅,容颜美丽万人夸。

自 评

烛到尽头留余光,百花凋谢菊园香。
不枉人生空对月,文章虽朽情谊长。

庆元宵

共庆佳节鼓乐喧,孔雀开屏映仙园。
流光溢彩空中转,更有谜题灯里悬。

贺新春

欢天喜地锣鼓敲,骊歌频声唱春谣。
豪庭设下团圆宴,请来仙鹤尝蟠桃。

马

昂首飘鬃气势英,老骥伏枥蹄不停。
逐日腾云千山应,嘶风驾雾万里骋。

咏桃花

淡雅静住田园中,轻吐暗香惹蝶疯。
招来骚人做雅客,送走雪松撒玉绒。

追 梦

废寝忘食笔墨飘,铜壶漏尽五更敲。
狂读万卷攀书山,追梦途中志不消。

家乡美

仰望千山柳枝浓,俯首百脉漫泉城。
乳液三杯趵突满,琼浆四溢黑虎鸣。

乐 园

蟋蟀庭院闻香草,雨燕衔泥柳头聊。
蜻蜓展翅河边绕,蝴蝶花丛恋红桃。

台湾老兵

宝岛寒山铁骨衰,银丝两鬓泪满腮。
思亲念友真情在,游子久站望乡台。

台湾行有感

碧浪香山绿翠微,白云触手清风吹。
绝壁悬崖映日月,美人抱得珊瑚归。

四扇屏

黑虎泉边行丽水,五龙潭里岚烟堆。
趵突腾空彩桥驾,明湖芙蓉占花魁。

落影吟秋

银河泻玉弹冰弦,珠光抛下水晶帘。
重阳送来黄金扇,枫林披上胭脂衫。

聚宝盆

美玉无瑕堆趵泉,珍珠玛瑙建豪园。
银蛇腾空盘冰柱,翡翠连城搭神坛。

无 题

几多徘徊几多愁,几多茫然在心头。
几多迷茫几多悲,几多理想化为灰。

苦 寻

桑田路上觅知音，如意真君到处寻。
海角天涯何处有？苍天不负有心人。

党 风

玉带缠腰不负托，公仆要向焦桐学。
为官常念青天史，孺子精神壮山河。

天上人间

嫦娥蟾宫抛彩球，唤来吴刚登玉楼。
天上双飞比翼鸟，人间伉俪到白头。

夕阳曲

屈指弹奏蹉跎曲,鹤发秋歌泣无息。
漫漫人生多坎坷,夕阳路上泪常滴。

老有所求

往昔无技举步艰,错过青春绚丽年。
一息尚存需努力,踏破铁鞋去求贤。

别　离

珍珍无语别亲友,洒下泪水度春秋。
两地别之千里远,常把友谊记心头。

思 乡

扶窗远望故乡亭,不忘当昔往日情。
万水千山隔不断,思亲念旧盼归程。

荷 藕

一池花卉艳粉墙,翡翠遮阴入画廊。
潜入淤泥尘不染,无装饰处最添香。

孔林古树

寻芳拜圣孔府林,路边古树酿绿荫。
挂着吊瓶拄着拐,鞠躬尽瘁迎贵宾。

孔府美石

身如美玉志如钢,不争供品不争香。
万人抚摸千足过,甘为孔府献衷肠。

赞东方

万众挥毫赞国威,四海五湖歌声沸。
放飞梦想绘蓝图,神州他日定腾飞。

塔　灯

唐诗宋词筑骚坛,根深土沃育肥田。
宝库珍藏国粹卷,塔灯照亮锦绣川。

知 音

击鼓鸣锣颂诗魂,弹琴拨弦唱古今。
孔孟故里云霞锦,齐鲁烟柳会知音。

天赐园

珍珠串串连碧空,银壶盏盏趵突鸣。
上帝抛下瑶池玉,琼浆圣水进古城。

无 题

貂裘玉佩柜堆纱,斗笠蓑衣走天涯。
闹市街头哭无泪,绿林深处笑频发。

妄 求

童年美味心中留,为寻凉粉再踏舟。
古亭目睹新景象,佳肴珍馐无处求。

美 食

蔡姬巧妇美食娇,精心制作葱香包。
餐桌何日尝鲜味,期盼城中见佳肴。

国泰民安彩车颂

国泰民安匠心功,齐鲁儿女是精英。
泉城迎来八方客,彩车载满九州情。

美女图

清泉幽谷碧水间,银光绿景对月弹。
静雅听涛花丛照,天姿美景入云端。

今非昔比

昂首举旗荡千秋,当年血泪记心头。
镰刀铁锤雪国耻,敌寇岂敢再妄求。

樱花向阳开

千呼万唤始出来,一朵春梅向阳开。
新年谱写辉煌曲,再踏征程情满怀。

失 眠

残羹剩饭摆案头,空囊破壁岁月愁。
今生南柯成一梦,踏遍千山苦中求。

窗 外

天涯碧海东君升,群山壁画翠茵浓。
杨柳青丝芳草绿,海棠含笑分外红。

群英荟萃

贤才良俊聚古城,文武双全扬美名。
浩然正气献大爱,百媚争妍抒豪情。

泉城一景

群英荟萃绽芳华,圣贤名士映朝霞。
白鹭莺歌彩蝶舞,芙蓉垂柳吐新芽。

虞山书院

巧设豪庭织绿罗,虞山园里藏玉帛。
相逢世外桃源景,引来骚客登仙阁。

金　秋

柳瘦菊肥农夫忙,南飞大雁话凄凉。
竹林深处蝉声灭,五谷丰登堆满仓。

奖　杯

黄金能买万件纱，珠宝难换一字华。
榜上有名功无价，愿把爱心献万家。

济南好风光

碧水养莲芙蓉香，沃土育杨柳丝长。
泉城美景传古韵，天下奇观似仙堂。

庆丰年

冰封流云破晓天，捎来蜡梅香满园。
福寿安康枝头挂，吉祥如意装满船。

重任在肩

手持红缨保家园,站岗放哨冲在前。
听党指挥打胜仗,振我中华担在肩。

赞友人

提笔泼墨书楷模,字字句句暖心窝。
敲词叠韵情意重,愿为英雄唱赞歌。

蜡梅映寒

白雪蜡梅撒玉条,临窗香雅诱人瞧。
并非偏爱姣妍色,但为严冬添韵陶。

济南名士多

自古济南出圣贤,名人雅士满骚坛。
清照诗词传佳句,弃疾才艺美名传。

珠联璧合

良师作画马良功,益友挥毫龙点睛。
珠联璧合出杰作,一笔一画都是情。

喜临门

金榜题名前程锦,栋梁之材绽芳魂。
今朝攀登辉煌路,来日平步踏青云。

志存高远

雄心壮志鸿鹄飞，久思敲诗句万锤。
求贤拜师访良友，鞠躬尽瘁听撼雷。

厚德载物

福厚勿忘祖先恩，德高拜鹤情义真。
载得重负担当远，行善济困世代尊。

逛新城

遥望齐鲁瑞景翔，升华紫气城中藏。
喜鹊声绝唱雅调，鹭鸟戏水映海棠。

先烈事迹长鸣

往昔先烈立战功,革命航船万里行。
祖国大厦忠魂铸,金亭宝塔千秋红。

嫦娥奔月

科技发展领先锋,太空翱翔腾巨龙。
宇宙月球常做客,飞船登上广寒宫。

祭屈原

一生竟把真情抛,汨罗江边泪如涛。
锦囊艾草门前挂,龙舟粽香祭英豪。

益 友

一声问候暖心窝,友谊长存日穿梭。
塞外传来知音曲,陋室寒舍添碧萝。

志愿者

别人有难我来帮,社会有需我去扛。
夕阳路上有作为,不愧金秋好时光。

深情缅怀伟人毛泽东

韶山窑洞红日升,万众瞩目天地惊。
高瞻远瞩谋大计,文韬武略立丰功。

荷 塘

千古秀色是此花,不求腾达照烟霞。
接塘莲叶无穷碧,芙蓉盛开荡天涯。

心如薄冰

日暮云低心里寒,谁怜布衣已无欢。
山间独自听风语,林深草浅落花残。

四季如梭

一年四季快如梭,千山万水任婆娑。
冬梅夏丹秋月夜,菊黄柳绿赶飞蝶。

挂葫吟

一

枝头福禄喜迎门,无限风光满乾坤。
翡翠招来远方客,总把芳菲当花神。

二

一盆茉莉香花离,寂寞青枝无所依。
诚邀葫娃来做客,斟满酒卮庆友谊。

泉 水

一

珍珠遍地撒齐烟,晶莹剔透似仙丹。
玉露千杯蒸九点,银壶百盏落历山。

二

云蒸雾绕半空扬,透骨琼浆入口凉。
若是秦王来品尝,当初不必见阎王。

三

玉晶凝聚如神殿,碧透冰清似仙丹。
早知此地有甘露,秦王何必命归天。

先烈颂

一

砍头流血主义真,推倒三山转乾坤。
砸碎日寇铁锁链,高举镰锤捍国威。

二

往昔先烈立奉功,热血腾空化彩虹。
喜看今朝逢盛世,江山万里展新容。

三

昔日豺狼侵家园,国难当头出重拳。
多少先烈洒热血,换来东方艳阳天。

农　夫

一

田间地头顶星忙，汗水换来饭菜香。
身背烈日面朝土，人人珍惜每粒粮。

二

农夫种地太艰辛，日晒雨淋汗湿襟。
谁知垦田拓荒苦，勤俭节约常记心。

三

身背烈日苦耕田，手握铁锨和锄镰。
谁知农夫垦荒苦，换来餐桌瓜果甜。

菊 园

一

金菊无心争春光,傲骨迎风画彩妆。
含笑惹来八方客,美丽扮靓十里廊。

二

寒秋气爽迎重阳,祝愿花甲福寿长。
松鹤衔来蟠桃果,诚请高堂来品尝。

三

九华绽放嗅晚香,傲立园林迎雪霜。
高洁靓丽真君子,寿客延年福满堂。

纪念一代文豪济南名士田遨先生

一

文笔精湛堪称豪,目睹佳作解心潮。
字里行间真情动,敢与李杜试比高。

二

济水虞山秋正浓,丹青书画遨君情。
可叹神骏南征早,江南海北留世名。

三

才华横溢登文殿,齐海扬名情谊绵。
音容长辞尊鼎在,虞山仙境设神坛。

献重阳

一

久久重阳福临门，朵朵秋菊撒黄金。
棵棵玉树结硕果，彤彤枫叶挂芳茵。

二

寿客延年待重阳，满园茱萸遍地香。
登高望远心胸阔，碧水连珠情谊常。

三

才郎灯下读书忙，二十四孝是华章。
自古圣贤品德厚，总把爱心献重阳。

四

秋高气爽迎重阳，落叶满山遍地黄。
仙鹤衔来长寿果，摘下蟠桃敬高堂。

荷塘月色

一

荷塘月色翠荫浓，浅池静水拽彩红。
冰清玉洁供君赏，连年芙蓉绚此城。

二

明湖并蒂旋舞姿，绿衣红袖映碧池。
翡翠园里鱼戏水，亭台楼阁挂满诗。

三

清风淡容翠遮阴，洁白如玉拒染尘。
花香四溢芳菲近，含苞怒放留诗痕。

四

翠莲并蒂净无尘，仙女摇摆胭脂裙。
杨柳清风无穷碧，湖光山色留诗魂。

四季歌

春

莺歌燕语舞翩跹，细雨清风驱残寒。
岭上琼枝生玉叶，青山脚下飞纸鸢。

夏

千里惊雷震长空,万道闪光玉碎声。
七色彩虹搭拱桥,晚霞再镀夕阳红。

秋

潇雨如烟繁花愁,硕果满园压树头。
柳树枝梢蝉声灭,南征大雁不久留。

冬

群峰雪肆起硝烟,蜡梅青松抗酷寒。
古寺山间披素裹,僧人尤在镜中悬。

六美图

琴

知音一曲百年精,荡尽鸿弦留世名。
轻弹旋律三分醉,相揉玉盘满是情。
仙女闻声难入梦,玉帝魂散心不宁。
喜鹊不敢唱小调,鹦鹉羞得脸发红。

棋

无枪缺弹起硝烟,马跳象驰不等闲。
凝目设计巧谋略,费尽心思暗周旋。
楚河汉界风云起,出兵过河难回还。
你输我赢情义在,方寸之地亦欣然。

书

无花无果荡芳香,字里行间写华章。
自古捧读锥刺骨,贤士为它头悬梁。
礼仪经典千秋唱,文明史册万卷藏。
神话传说有哲理,攀登科学有良方。

画

云蒸雾绕岚影山,江河湖海起波澜。
一帆漫卷千层浪,七色彩虹入云端。
奇花丽景素纸绣,禽鸟百兽落金笺。
巧手留得清香在,妙笔横穿万顷田。

诗

从古至今力不衰,登峰造极上雅台。
多少骚客魂陶醉,无数贤士畅胸怀。
唐宋揽尽风情事,汉曲典章花盛开。
楚辞传颂千万代,骊歌辞赋风骨来。

花

冬有蜡梅夏有丹,秋有金菊春有兰。
红霞揽尽四季景,群芳撒满锦绣山。
蝶飞莺舞惊天宇,鸟翔蜂闻雨燕旋。
香气袭人沁心脾,玉体风姿似仙坛。

悬 梯

历经沧桑憾事多,踏浪前行尽婆娑。
道路九曲险中走,风情万种浪里搏。
长亭十里春芳谢,悬崖千重攀陡坡。
暮年弹首夕阳曲,浮生醉梦任评说。

老骥伏枥

群芳绽放满园春,妙笔生花赞杨君。
今朝有缘来相会,愿为泉城献忠魂。
祖国大地留足迹,济南街衢觅乡音。
历尽艰辛千里路,功夫不负有心人。

茶

青枝嫩芽沐春阳,山高园阔山里藏。
一壶沸水呈碧色,千家万户共品尝。
绿茗一盏沁心肺,畅饮三杯盛琼浆。
交朋待客结益友,祝寿壶中自流芳。

书

万卷经纶自古香，千年智慧书中藏。
卷中乾坤无穷尽，竹简翰墨放光芒。
少年为它锥刺骨，青年午夜头悬梁。
经纶满腹勤作径，前程似锦苦指航。

箴　言

转瞬之间日落山，夕阳晚霞在眼前。
两耳不闻窗外事，举杯饮酒心里欢。
粗茶淡饭似甘露，管他酸甜苦辣咸。
人生得意知足乐，过好当下每一天。

承前启后

当年先烈挥长缨,抛头洒血立丰功。
顽强奋战惊天地,唤出朝阳锦绣程。
今朝炎黄承使命,再驾飙轮砥砺行。
纵笔书写新时代,争当复兴带头兵。

无 题

午夜挑灯更鼓鸣,旭日揽尽诗书情。
李杜东坡酿佳句,羲之马良有神灵。
攀登书山无止境,驰骋辞海下苦功。
帷幄筹谋思良策,翰墨飘香砚池中。

观看话剧《头雁》有感

头雁飞翔展雄风,党的宗旨记心中。
迎战天灾何所惧,共产党员是先锋。
舍弃小家顾大局,攻坚克难立战功。
重建家园挑重担,光辉形象留美名。

鹊桥相会

美丽神话千古传,牛郎织女结良缘。
王母无情天水断,喜鹊搭桥银河边。
今朝科技大发展,可乘飞船上瑶坛。
但愿再无离别苦,比翼双飞天地间。

沉 浮

一轮明月一闲楼,一片竹林一境幽。
一阵东风一岸柳,一人独乘一叶舟。
对海吟诗观明月,背靠书山任风流。
往昔春梦成陈事,今朝知足度金秋。

添秋意

秋风刚才急打荷,寒霜染黄金菊罗。
山前院后蝉不语,田间响起丰收歌。
仙桃满园枝头坠,红杏溢彩绿染坡。
柿子蓝中呈碧色,稻谷飘香满餐桌。

眺　望

金鱼寒水映斜晖，百花洲头绿翠微。
清波荡漾曲水静，岚烟薄雾沧浪随。
常见秋风扫翠柳，目染岸上白鹭飞。
万束枝下待鸿禧，一城山色百媚归。

立　秋

红叶飘摇映斜晖，西风骤起酷暑归。
大雁不恋黄金色，草虫蛰伏声渐微。
碧绿山川霜漫帐，银光遍野雪横飞。
林下万壑严寒送，湖上千鹤溪水催。

中华颂

神舟十二绕苍穹,三位航员立战功。
天宫奥秘谁主宰,中华儿女展雄风。
胜利归来同欢庆,共度佳节赏月明。
今朝实现强国梦,明天华夏更恢宏。

群星璀璨

一朝情深两昆仑,三生有幸遇知音。
四方山城传佳话,五彩缤纷柳成荫。
七桥风月映蓝天,八景聚焦有诗魂。
九点含烟观美景,十里长街聚贤臣。

风景独秀

轻撒玉露漫卷沙,两岸杨柳开银花。
红梅独占园林景,枝头喜鹊叫喳喳。
荷塘锦鲤戏绿水,生机勃勃放光华。
鹊华桥上赏美景,泉边樱花吐新芽。

自奋蹄

敲词点韵竟拼搏,走笔堆句爬诗格。
午夜灯前寻佳句,借来花潮献春蝶。
今生有幸识国粹,唐宋杏林觅圣杰。
但求妙语传真谛,原为骚坛唱赞歌。

游驴记

晨睹东君晚观霞,一日千里荡天涯。
春纳樱花山间卧,秋绽金菊惹人夸。
农夫耕耘泥土乐,稻谷满仓香万家。
佛山灯色含粉黛,苍松翠柏披玉纱。

苦中有乐

追词找韵不知眠,此生与墨结良缘。
繁星做伴寻雅调,玉兔陪我耕砚盘。
三更苦读翻万卷,晨曦摇笔问诗仙。
素笺升花心里美,愿饮冷茶品甘甜。

一寸光阴一寸金

七色晚霞照松涛,银花绽放鹤发飘。
秋风常送南归雁,春雨频浇杨柳梢。
月下邀诗来做伴,旭日请词到寒窑。
砚池喷香敲宋韵,素纸生辉乐逍遥。

追梦谣

晨钟唤出金色光,一缕旭日照东窗。
妪人笔尖寻乐趣,埋首挥毫笔耕忙。
蜗居便知天下事,解谜无须去八方。
键盘敲出四海文,浏览群书万卷香。

花中仙

一肩秀发似碧涛,两道弯眉如柳梢。
粉黛梅腮含春意,小口微开绽红桃。
常伴徐娘饮美酒,邀来宋玉舞姿摇。
窈窕惹怒蟾宫女,牡丹园里藏天骄。

时代先锋

泱泱中华宏图展,猎猎旌旗映山川。
华夏实现强国梦,砥砺前行不怕难。
初心不改担使命,强国复兴挑在肩。
团结奋斗开新路,乘风破浪再扬帆。

灯下漫游

翰墨丹青染锦笺,铜壶漏尽人未眠。
月光敲响三更鼓,雄鸡唤醒艳阳天。
砚池当舟纸作船,追星逐月攀书山。
请来诗仙当益友,拜访圣贤结良缘。

台湾行有感(三首)

弹残阳

昔日暴雨狂风骤,无情江水向东流。
征人孤岛留残影,雪打鬓角霜满头。
期盼彩桥通两岸,待等冰融登绿舟。
望穿秋水情未了,唯有故里解乡愁。

望乡亭

当年炮火锁江喉,谁把征人异乡留。
孤岛暮角西风劣,漂泊无迹几十秋。
神州碧空塔灯亮,祖国凤台在招手。
天涯倦客情依旧,企盼早登返乡舟。

乡　愁

一弯残月挂孤舟,一双眸子望寒秋。
一段离别几行泪,一封家书情难收。
一阵春风山锦绣,一片艳阳照东楼。
一道彩虹连两岸,一统山河洗千愁。

火　炉

玉帝搬来火焰山，老君下凡炼金丹。
青石板上烧热水，路上行人汗湿衫。
老虎立秋到处跑，添柴加炭乱燎原。
悟空三借芭蕉扇，消暑纳凉庆丰年。

丰　碑

救国冲锋擦亮枪，烈士鲜血染红墙。
献身捐躯护国土，千秋莫忘奠基郎。
万里江山成壁垒，幸福生活万年长。
而今生活甜如蜜，满怀豪情著华章。

迎春曲

垂柳生辉古城藏,清潭翠谷碧水长。
细雨唤醒梦中草,春风送来七彩装。
桃树廊前飘白雪,梅林园里撒芬芳。
喜鹊登枝唱小曲,白鹭溪间戏池塘。

中秋遐想

一轮明月落玉盘,万道瑶光明珠悬。
嫦娥蟾宫弹神曲,唐玄梦游到天坛。
吴刚讨来长生果,玉兔捣药制仙丹。
夜色如镜廊前转,良辰美景入画栏。

望 月

玉树琼轮羽调频,哪家仙女夜弹琴。
唐玄月下听神调,碧水秋波传佳音。
塞外游子思故地,床前慈母泪湿襟。
他乡儿女情依旧,海角天涯一家亲。

觅良师

怀抱琵琶伴星辰,手拨素琴弹诗魂。
常听午夜三声鼓,久闻雄鸡五更巡。
踏遍千山求仙术,敲开万户访明君。
揽尽群书寻妙句,翻破黄卷看彩云。

玉珠池边

天外声声白鹭鸣，泉城处处摇玉铃。
峻岭松涛迎贵客，绿竹园林送友情。
碧水池塘游人醉，一叶扁舟绕凉亭。
荷仙摆裙蝶飞舞，杨柳枝头落燕莺。

摄 影

山清水秀胜江南，巧夺天工五龙潭。
艳阳高悬照美景，绿荫白云映蓝天。
天赐银殿盘玉柱，亭阁幽廊绿水连。
碧波拍岸传中外，人间仙境起岚烟。

悠悠岁月

斗转星移日穿梭，蹉跎岁月憾事多。
踏遍悬崖坎坷路，多舛人生与谁说。
茅屋淡茶寒舍冷，只剩诗梦暖心窝。
驰骋书海觅佳句，饱蘸竹笔燃新火。

秋　韵

枫叶山间摇彩铃，满地黄金韵无穷。
峰尖雾绕岚烟起，峻岭云蒸挂银钟。
玉树叠翠结硕果，稻谷柔情把身弓。
桃李芬芳香万里，黄杏压枝柿子红。

学无止境

鹤发庞眉撒余光,一片痴情追宋唐。
午夜翻书难入梦,灯下学海寻良方。
横心医愚胸襟阔,觅来雅韵著文章。
但愿金秋结硕果,赢得晚年笑脸扬。

情难舍

魂入辞海攀诗行,留有痴情案边藏。
粗茶淡饭三餐冷,省下柴米煮墨香。
暮年自有新天地,追古赶今醉夕阳。
凌霄纸上种心愿,月下摇笔拜韶光。

艳阳天

神龙天宫降甘露,嫦娥银河撒碧绒。
王母抛下瑶池玉,炎黄敲响吉祥钟。
雄狮东方精神抖,赤子点亮复兴灯。
锦弦弹奏凯歌曲,中华大地飞鲲鹏。

明珠湖

明湖芙蓉吐芬芳,垂柳枝头挂靓装。
上帝赐块无瑕玉,天宫抛撒七彩光。
珍珠横织江南景,美丽画廊超苏杭。
仙女瑶台跳扇舞,贵妃凉亭唱花腔。

老 邻

老邻旧居记心间,想起往昔比蜜甜。
当年友情永难忘,一家有事八方援。
如今咫尺天涯远,不知李四和张三。
生活水平节节高,五味杂陈装满坛。

春 分

二月剪刀裁彤云,细雨甘露洗玉盆。
梅岭松涛通幽处,遥见山间踏青人。
新燕筑巢衔泥返,柳丝垂暮弄箫琴。
满园喜鹊来做客,林中鹭鸟山里寻。

诗坛感怀

眺古观今隽文厚,碧荷弘章诗坛留。
元曲民歌千秋颂,龙翔凤鹬飘彩绸。
山红岸绿溪边柳,坠珠嵌玉绕画楼。
炎黄定有后启秀,再撰新谣谱神州。

田园风光

阵阵东风染桃红,双双雨燕落梧桐。
悠悠白云送细雨,重重山峰绿荫浓。
片片樱化迎贵客,茫茫大地香草萌。
漫漫麦田翻波浪,年年都有好收成。

劝 学

自强脚下无穷路,千锤百炼志如钢。
胸中如有宏图志,不怕困难把路挡。
雄心踏平万重险,努力攀登向远航。
少年读书须勤奋,长大方能成栋梁。

诗 魂

千古炎黄著精文,万代歌颂永世春。
提笔摘云风揽月,填辞陆地酿绿荫。
泼墨画卷添神韵,圣坛播撒赤子心。
国粹复兴征程远,呐喊摇旗传诗魂。

屈 原

一

忠良投向万顷涛,角黍龙舟救英豪。
爱国挥洒楚辞赋,九歌天问咏离骚。
清风两袖一身浩,不朽诗篇婉辞娇。
汨水江边献壶酒,斟满金杯敬飘遥。

二

屈原汨罗绘画图,千家万户挂艾符。
为何汨水凄宛处,只因奸佞满尘途。
谁人知我肝肠碎,爱国良臣一生孤。
扬帆紧追骚人魂,美酒洒满洞庭湖。

燕　语

尝尽天边美味餐，不如齐鲁泉水甘。
江南瑞景虽然好，怎比九点含齐烟。
秀丽青崖似锦绣，佛山倒影湖中添。
三杯乳茶如甘露，古城珍珠挂满帆。

赶山会

青山绿水百花放，遍地樱花吐芬芳。
三月春风酿美景，迎春树上换彩装。
舞狮唱戏金锣响，游客满山紫玉香。
共赏雅俗人潮涌，欢声笑语聚满堂。

贺"嫦娥二号"升空

嫦娥奔月绕苍穹,科技发展铸巨宏。
玉兔吴刚迎常客,太空宇宙路踏平。
中华伟绩惊寰宇,一举成功天下鸣。
吐气扬眉神州颂,来年再访广寒宫。

泉 城

岸边梅花湖中鸭,一缕朝阳铺彩霞。
赏尽一城半湖景,泉水垂杨进万家。
齐鲁风景赛江南,趵突腾空不虚传。
芙蓉飘香古城美,虎啸龙飞珍珠旋。

政法学院多才子

正气领先抖雄风,法律面前秉公行。
学术无界乾坤广,院里院外有精英。
多艺贤士天地宽,才德兼备奔前程。
孜孜不倦苦耕读,群英荟萃满江红。

梦　游

黄昏日落残席卷,枕上黄粱醉梦旋。
冷月寒屋思绪乱,茕影孑立泪满衫。
泥泞路上桥梁断,岁月沧桑如油煎。
雷鸣电闪倾盆雨,苍穹何日见蓝天。

花样年华

泉边枫叶美如画,遍照夕阳铺彩霞。
晚年挥毫谱新曲,石砚飞墨点琼花。
能歌善舞才艺秀,琴棋书画样样佳。
诗词创作品位厚,隶篆文绘映芳华。

追 忆

回忆青春少年时,满怀希望去求知。
当昔谆谆听师训,刻苦学习已成痴。
十年谁知寒窗苦,星下研墨寻妙词。
清霜月夜不知倦,奇思常锁美梦池。

人生如梦

人生梦境似箫吟,独卧清宫苦酒斟。
峡谷幽溪多磨难,归巢雨燕泪满襟。
流光子夜梳园野,寨外春风送余温。
路窄心宽天地广,知足快乐度良辰。

花骨朵

巅峰丽景似仙境,独卧平原世人惊。
道长轻吟脱俗曲,青崖盛景翠鸟鸣。
奇石怪兽华不注,二郎担山落古城。
鹊华齐烟含九点,逍遥此处疏雅情。

春 行

孤山华阳宫殿西,玉柱擎天搭云梯。
梅开樱笑迎风舞,呢喃处处衔柳泥。
喜鹊枝头唱金曲,柏杨株株落黄鹂。
绿荫深处鲜花曼,醉倒游客步难移。

雨中情

清风细雨侧耳听,今夜无眠旧事浓。
墨溅挥毫心诉语,频伏书案往昔情。
南柯一梦谁知晓,妪人心酸向谁倾。
若是人间有美梦,知音雨中又重逢。

奔小康

华夏腾飞鼓乐喧,改革创新再扬鞭。
人民共建康庄路,国富民强宏图展。
特色中华创伟业,明朝华夏尽开颜。
神州大地鸣赞曲,百姓喜迎艳阳天。

对酒当歌

天边残月挂树梢,挚友离席酒未消。
夜静更深难入梦,孤灯寒夜闹心潮。
红尘路上风雨骤,伤痕几处被蛇咬。
踏破铁鞋无觅处,艰辛历尽路途遥。

留 香

自古牡丹第一香，千娇百媚花中王。
浓妆艳抹真国色，众芳崇拜富贵堂。
典雅潇洒惹人醉，东风暴雨剪芬芳。
虽然花谢雁归去，仍留傲骨迎朝阳。

踏雪闻梅

瑞景飞烟银色天，岭前柏树挂玉簪。
翻山作画千里外，披银裹玉祭神坛。
大宫摆卜梨花宴，邀来仙女进桃园。
昨夜空降不速客，踏雪闻梅碧云间。

游　园

踏进公园眼迷离，花红叶翠染梅枝。
彩蝶莺燕追葳蕤，呢喃蜻蜓互争池。
遍地绿波奇葩苑，青山锦绣旋舞姿。
偶得此景骚客醉，碧水云间挂满诗。

伟人颂

为国奋斗几十春，烽火连天建功勋。
南湖扬帆乾坤转，三载谋略驱蒋群。
东方伟人垂青史，一座丰碑永常存。
华夏踏上复兴路，千秋歌颂奠基人。

心　愿

文学圣地系我心,心与诗坛若比邻。
邻邦瑞景添雅韵,韵律情长传鸿音。
音响荡园花四沁,沁香百脉气象新。
新树向荣扎沃国,国运复兴再登轮。

腊　梅

铮铮铁骨迎雪松,朵朵琼花寒中生。
孤芳绽放呈美景,喜鹊登枝颂丹红。
待到冬去春来时,零落成泥藏土中。
疏影绕岭遍地绿,江山锦绣荡春风。

赏 春

雨燕溪间衔柳枝,偶闻喜鹊唱妙词。
蝉鸣凤翔相逐嬉,八方游侠坠玉池。
墨客行行摘佳句,骚人步步涂新诗。
堪怜春意挂玉翠,频笑东风永相思。

园林工

栽花育苗植被增,绿荫铺满美丽城。
大街小巷留身影,昼顶烈日夜披星。
施肥浇灌种香草,叶茂枝繁输丽景。
游客易得纳凉处,园林工友汗水倾。

山河颂

一声惊雷换绿桐,二月细雨梅枝红。
三道曙光挥彩笔,四季青松映碧空。
五颗金星乾坤照,百万精英立丰功。
九州公仆创伟业,十亿人民力无穷。

春　城

朝阳不吝送春风,郦水泺源妆玉容。
趵突碧涛蒸紫气,垂柳青丝正葱茏。
千山敲响晨钟曲,万物苏醒莺啼鸣。
遥望北渚携九点,古城坐落岚烟中。

春 风

千山又绽小绿芽,万岭洒满林中霞。
鹭鸟前来寻旧穴,雨燕衔枝筑新家。
院东青色挂碧翠,溪水河边人喧哗。
梅花映雪窈窕尽,桃李芬芳开新花。

遇知音

几度春秋觅知音,虞山园里遇骚魂。
众贤毕至清幽处,仰望高峰登青云。
崇观美景临奇境,惠风丽日观松林。
畅饮一斛屠苏酒,聆听天籁之弥音。

颂群芳

济南古城似骄阳,墨客留下好文章。
前人载下梧桐树,引来无数金凤凰。
齐鲁大地名士多,为国为民献衷肠。
美德千秋载史册,善行万代美名扬。

警民相聚曲水边

霞光万道疏彩虹,锦鲤瑶珠曲水中。
迎来天南地北客,百花洲头喜相逢。
警民欢聚明湖畔,助力推动绿舟行。
画舫轻摇岸边柳,岚烟紫翠祥云腾。

抗击疫情

稳坐家中似神仙,读书作画享清闲。
网上购物真方便,减少外出保安全。
战胜疾病渡难关,白衣天使冲在前。
全民联手齐奋战,定把病毒消灭完。

花

春光锦绣荡河塘,姹紫嫣红百媚芳。
红颊含羞窥蝶舞,朱唇轻启蜜蜂忙。
邀来春色满园秀,撷取清风一地香。
流落尘埃无怨悔,新生由此看兴昌。

书

万卷经纶独自香,百读不厌永流芳。
千年智慧无穷尽,万载韬略乾坤藏。
书山有路勤为径,学海无涯苦作舟。
庐山峻岭隐深处,亘古春秋伴辉煌。

画

群山峻岭落纸张,淡云细雨草色黄。
春光辉映林中鸟,旭日东升照荷塘。
青松红梅藏喜鹊,牡丹玉兰伴海棠。
挥毫泼墨百般媚,妙手提笔荡彩妆。

历山小调

历山古郡,风水宝地,阅千年胜迹。
碧水悠悠,风景如画,舜耕贤士聚。
趵突腾空,众泉捧月,柳成荫摇曳。
明湖月色,佛山崇壁,齐烟拖旖旎。
人杰地灵,诗词韵律,杏坛称豪气。
涛声颂璧,鸿雁传书,荷塘真美丽。

今生缘

吉日良辰举双杯,佳偶天成比翼飞。
郎才女貌结伴侣,相亲相爱永相随。
天赐一段好姻缘,珠联璧合比蜜甜。
美满婚姻今奠定,携手同耕幸福田。
白首齐眉心相映,从今花好月儿圆。
相濡以沫情义伴,知音常弹今生缘。

入瑶亭

一道瑞景伴我行，二安故里国粹荣。
三更摇笔难入梦，四恋砚池墨无穷。
五夜神钟敲铜鼓，六峻艳横夺天宫。
七岭常青江山秀，八旋祥云盘巨龙。
九曲银河绕玉殿，十播霞光贯长空。
千束荷仙瑶池舞，万颗珍珠架彩虹。

声声啼

背井离乡争自由，几度春秋何处求。
踏遍千山风雨骤，天遥地远无尽头。
胭脂难挡今日愁，朱颜憔悴镜里瘦。
轻弹琵琶唱心曲，寒屋青灯饮苦酒。
遥望天边风雨骤，无尽泥潭何时收。
北风烈烈催人老，银发苍苍泪暗流。

书 痴

一阁精文注圣坛,二雅捧读不知眠。
三更鼓响难入梦,四品有味不厌烦。
五闻雄鸡天破晓,六忘起床用早餐。
七得词林如甘露,八遍方知诗意甜。
九逢良友三冬暖,十抱经纶不觉寒。
驰骋书海破万卷,方可扬起千重帆。

泉城恋

遥望泺源生紫烟,夜伴钟声抱泉眠。
金龙潭边行丽水,银虎瑶池弹玉弦。
趵突腾空洒甘露,护城河里游彩船。
齐烟九点风景秀,佛山明湖是乐园。
亭台楼阁百般媚,拽回苍翠映仙坛。
天宫绘出千层绿,古郡骚客留诗篇。
垂杨碧涛美如画,鹭鸟莺鸽舞翩跹。
岸边摇荡青丝柳,汇波盛开红菡萏。

春　潮

碧水青山倒映容，幽芳引蝶入花丛。
桃林如海喜鹊舞，梅树园里落飞鸿。
垂杨柳丝吐新绿，林荫小径惹迷瞳。
欲寻茱萸登峭壁，曲岸浓荫疏雅情。
湖泉早晚来相告，出水芙蓉尚未红。
汇波晚照桥头立，浅池静雅潜钟藤。
日朗天蓝看归燕，荷塘岚烟雾朦胧。
倚栏闻香观美景，万道霞光照峥嵘。

接龙诗

赋禀汉唐汇群儒，儒文儒学儒风度。
度法经纬织宏图，图文精炼韶音舞。
舞醉周天抒情志，志意乾坤承远祖。
祖上荣光传万代，代宗书卷写新符。
华夏巍巍气势宏，弘扬国粹恒长空。
空前绝后山河动，动地惊天显赫功。
功德永存贤士种，种儒传道千秋荣。
荣光耀祖历代颂，颂善赞美送真情。

文明古国

华夏文坛缀奇葩,葩香古今润天涯。
涯角海畔芳菲撒,撒播辞赋映彩霞。
霞光万丈传儒雅,雅趣雅情历代夸。
佳词妙句颂国翠,翠有内涵赞中华。
华丽美景寻常事,事启翰林开绢丝。
丝绸粉黛豪杰匠,匠心匠功振兴时。
时待天下出名士,仕途昂扬丹心驰。
驰骋文坛写青史,史载宇宙鸿篇辞。

逛新城

遥望齐鲁盛景翔,升华瑞气城中藏。
喜鹊声绝添雅调,白鹭结双登海棠。
林中翠鸟来做客,柳荫深处蝉声狂。
几处枝头含苞蕾,红梅碧荷散清香。
明湖秀水波浪涌,佛山松涛似绿洋。
五龙潭底沉良将,珍珠泉边飞凤凰。
三朵银花趵池满,一叶扁舟游苏杭。
彩云追月迎晚霞,美酒佳肴送夕阳。

百年盛世高歌

十秩旌旗冲云天,山河壮丽颂歌旋。
铮铮铁骨铸军魂,泱泱华夏喜讯传。
乾坤朗朗昭日月,笑声阵阵入云端。
戎装军威豪情满,先进武器史超前。
万民起舞赞盛世,八面临风映阑珊。
百年圆我强国梦,千秋高科大发展。
不忘初心担重任,牢记使命意志坚。
庆贺神州前程锦,再踏征途驾红船。

百味人生

历尽沧桑不堪言,山陡道泞难登攀。
走遍人间坎坷路,踏过无数峭壁滩。
流了多少血与汗,品尝千杯苦辣咸。
若是不知黄连苦,哪能觉得蜂蜜甜。
种下几颗梧桐树,定有金凤来盘旋。
春华需立宏图志,方可翻越万重山。
常念鸿经学礼仪,圣贤教诲记心间。
金秋方知人生短,无怨无悔度晚年。

华夏江山常青

当年恶魔太猖狂，侵我国土想称王。
工农联手齐上阵，举起钢枪斩豺狼。
先烈护国洒热血，换来神州见曙光。
开国大典礼炮响，一轮红日升东方。
今朝繁荣逢盛世，吐气扬眉挺胸膛。
牢记使命不忘本，满怀豪情铸辉煌。
中共中央绘蓝图，全国人民奔康庄。
铁壁铜墙忠魂筑，红色江山万年长。

宽心谣

人生八九是苦忧，常想一二度春秋。
暑往寒来春复夏，扬鞭驰骋神州游。
心胸开阔天地广，坦荡无私不妄求。
破浪乘风凌云志，险滩路泞不调头。
四海结交诚挚友，五湖情谊载满舟。
金色夕阳无限好，枫叶晚霞照高楼。
隶楷行草勤练字，诗词字画笔不休。
美好生活素纸秀，安宁岁月莫空流。

绣锦旗

传承文化罩中华，沐浴诗坛育新芽。
博大精深千古跨，满园瑞景绕海峡。
祖国大厦巍然屹，无限风光锦上插。
华夏辞赋如美玉，妙语丛中起浪花。
继往开来竖旌旗，词山路远任飞霞。
粉墨泼出精品画，隶篆挂满碧玉家。
说古论今讴盛世，辛勤耕耘把汗洒。
热血满腔绘蓝图，弘扬国粹细研发。

游　春

山间紫燕穿云霄，林中翠鸟筑新巢。
往日寒寺无人问，如今游人似涨潮。
牡丹喜迎苏州客，万束樱花遍地飘。
春风吹开芳草地，捎来几束艳红桃。
冬姑涂抹百花粉，春燕纷纷落树梢。
燕语莺歌蜂采蜜，泉涌瀑布降银条。
琼枝青丝峻岭绕，画舫飞舟尽逍遥。
古城新姿无限美，百鸟鸣曲唱碧涛。

冬季遐想

频扶旧案笔耕忙,几道愚文写成行。
寄予砚台诉心语,陈酒淡水细品尝。
峡谷深山冰千丈,覆盖丘陵透骨凉。
远眺荒野霜染地,青纱绿帐银囊藏。
苍穹傲雪景万象,玉树琼楼裹素装。
几度狂潮春送暖,催醒百草再扬芳。
坚体容纳荣与辱,冲破寒冬迎朝阳。
野火缕缕烧不尽,鲜花束束满园香。

散　曲

一字一句细咏吟，遣词造句意难禁。
笔端一赋清平乐，婉约情思绕春心。
往昔春梦成尘事，山间小径去寻真。
可怜寂寞风盈袖，遥望天边泪湿襟。
对海轻舟观明月，苍松翠柏伴绿林。
意催魂散成一梦，遨游桑田弹古琴。
旭日邀酒来做客，午夜翘首望星辰。
今生能得几诗友，便是人间一圣人。

师生情

一生站在讲坛旁，奉献终身育栋梁。
昨日谆谆听师训，今朝恩师去天堂。
腮前雨，恸情泪，千古忠魂不言殇。
生前虽有凌云志，而今雄心已断肠。
昨夜百药难催眠，清晨坟头焚纸钱。
师生情，何处觅，松山脚下眼望穿。
临别献上一束花，再无机会品茶鲜。
祖国踏上复兴路，孺子登上不归船。

老有所为

雪霜两鬓志不移,争分夺秒要学习。
悬梁苦读图破壁,解放思想新路觅。
想登书山勤为径,夕阳晚秋再努力。
老骥伏枥雄心在,织出一面锦绣旗。
想攀书山须流汗,快马扬鞭自奋蹄。
学海苦奔排路障,勤径途中跨荆棘。
丹霞似锦绘蓝图,谱写一首烂漫曲。
秋波激起千层浪,每寸光阴须珍惜。

网　连

网络连接四海民，人隔万水若比邻。
天涯海角一墙近，屏前相逢亦可亲。
月照繁星落九重，佳音绵延绕苍穹。
远方挚友传喜讯，电脑台前续旧情。
思绪纷飞荡竹楼，漓江可知相思愁。
游子塞外诉心语，岁月无情不可留。
转眼寒雪爬上头，几经乘坎泪已收。
此歌唱尽夕阳曲，笑对人生度晚秋。

寄 语

霜打寒窗夜已深,青灯黄卷染红尘。
心头多少纵横事,思绪不知添几分。
键盘难敲人生韵,鲲弦难弹沧海琴。
双目遥望银河水,借问知友哪里寻。
鸿雁是否捎书信?寄语送进瑶池门。
苍天何时降甘露?人间等待吉祥临。
玉帝可解布衣愿,欲到凡间访黎民。
祈盼启开天门锁,赐把宝剑拨乌云。

换新貌

高举力剑斩大虫,清扫燕门捉蚊蝇。
耳畔频奏反贪曲,严打污吏方向明。
五湖布下天罗网,四海到处有金睛。
总有警钟永相伴,案头常念廉洁经。
迷途公仆须急醒,国法莫当耳旁风。
花翎光环亮如镜,铁窗不会伴终生。
道德典范人称颂,当好时代领头兵。
中央弹奏正气歌,锦绣江山玉笛鸣。

一路前行绽芳华

两鬓雪霜志不衰,埋首爬格诗句摘。
挥毫泼洒三斗墨,暗透芬芳飘砚台。
茌苒旅途有豪情,百花凋谢金菊开。
秋枫蜡梅尽成韵,邀来春色情满怀。
珍惜寸阴勤动脑,无限风光天宫来。
妙笔种下千行字,浮想联翩巧安排。
沧海路上铺彩霞,一缕夕阳照天外。
踏遍青山心未老,千难万险脚下踩。
玉树垂挂丹青果,田园鲜花亲手栽。
峥嵘岁月惊回首,莫让人生空徘徊。

无　眠

银河坠月日西沉，今宵无眠拨素琴。
怀抱琵琶弹闲曲，思绪万千扰吾心。
皇天频下无情雨，枫叶漫卷凋秋林。
谁把青春全抹尽，瞬间不见寸光阴。
试问桃园在何处？哪家仙境开善门。
苍鹰踏遍泥泞路，鸿雁迎风一路奔。
蜡盘滴满烛光泪，人生苦酒独自斟。
陋室院前堆寒雪，钟敲更鼓夜已深。
霜扫落叶漫秋枝，一肩秀发换银丝。
世间多少坎坷路，总将幻想寄墨池。

齐鲁赞

齐鲁故事美名扬,孔孟思想传四方。
漱玉泉边牵柳絮,芙蓉粉面靓彩妆。
七十二泉天下响,古城甘露世无双。
易安诗词放光彩,稼秆巨著谱华章。
秦琼府上降飞龙,泺水清潭聚池塘。
玛瑙琵琶弹妙曲,德王府里珍珠藏。
明湖两岸垂杨柳,莲藕樱花遍地香。
大禹治水家不入,贞洁烈女属孟姜。
舜帝子骞品德厚,传遍四海跨九江。
齐鲁文化说不尽,典故美德遍地淌。

品　读

老翁杰作品位高，笔下生花香满园。
新著诗集成锦绣，胜似祖上几诗仙。
人逢古稀有豪志，出此精文留万年。
山水化作情飞溅，东西诗圣也让贤。
若是不把家门报，吾辈误为唐宋篇。
大江南北全踏遍，国事家事献箴言。
景趣有味不厌倦，辛劳耕出万顷田。
砚盘生辉皆经典，留得佳句天下传。
窗外不知杨柳绿，枕边画卷入眼帘。
素纸摆满杜李宴，美轮美奂美哉焉。

说"烟花"

忽闻台风有威力,齐鲁大地备战急。
各条战线齐上阵,防汛抗洪筑铁壁。
柔情烟花逛泉城,不带狂风和暴雨。
补充水源添甘露,趵突腾空润大地。
黑虎撒欢送平安,明湖菡萏翡翠绿。
五龙潭里行丽水,千佛山上松沐浴。
百花洲头迎贵客,曲水河畔添笑语。
古城街巷美如画,细雨滋润育生机。
开怀畅饮庆丰年,推杯换盏喜相聚。
三杯两盏邀知己,四海五湖结友谊。

丰　碑

辛亥惊雷震山川，倡导三民意志坚。
推翻帝制救国难，驱除鞑虏烈火燃。
革命生涯路漫漫，反帝反封道坎坎。
昔日英雄热血满，未展宏图尸骨寒。
当年汪蒋残手足，如今姊妹得团圆。
自由平等今实现，可叹先生已长眠。
今朝共祭在天灵，爱国精神代代传。
海峡两岸情难断，同根兄弟心相连。
中华民族心连心，谱写华夏腾飞篇。
祖国统一路不远，中山含笑在九泉。

画　廊

荷姑邀我湖边游，掬捧芳香吻不休。
画舫载满八方客，轻风摇绿三面柳。
天赐圣水涌上岸，汩汩清泉石上流。
梧桐引来百灵鸟，垂杨枝头落斑鸠。
云播细雨降甘露，护城河里荡彩舟。
趵花三朵银壶满，冰蕊争艳绕画楼。
泉城广场歌声沸，蓝天白云飞纸鸥。
地书老翁追唐宋，平台靓女舞彩绸。
三只黑虎吐瀑布，五条金龙挂玉钩。
琵琶弹奏动听曲，珍珠抛洒古城秀。

光辉历程

舵手乘风掌红船,光辉历程路艰难。
拯救家园过草地,解放中国穿雪山。
蓝天当被地是床,树皮野菜为三餐。
飞渡金沙爬铁索,攻打天险娄山关。
遵义会议指航向,镰刀铁锤敌胆寒。
长途跋涉两万五,突破封锁过六盘。
挥师伐寇乾坤转,红军会师在陕甘。
一声礼炮乌云散,日出东方照人间。
凯歌嘹亮升曙色,祖国到处捷报传。
腾龙驾舟鲲鹏展,神州盛世再扬帆。

秋　谣

秋鼓咚咚敲秋音，秋波盈盈唱秋魂。
秋意浓浓写秋韵，秋叶彤彤摆秋裙。
秋弦轻轻弹秋曲，秋芳飘飘绕秋云。
秋姿连连绘秋画，秋色娇娇望秋君。
秋雨绵绵送秋凉，秋风飒飒吹秋心。
秋山悠悠荡秋菊，秋水潺潺润秋金。
秋果累累挂秋树，秋月灼灼落秋林。
秋歌声声赶秋雁，秋思频频拨秋琴。
秋霞层层涂秋景，秋刀利利裁秋分。
秋烟袅袅柔秋柳，秋阳杲杲沐秋神。
秋草珠珠做秋梦，秋荷亭亭报秋恩。
秋姑悄悄换秋装，秋露滴滴留秋痕。

奇 遇

天寒地冻北风虐,大雪侵袭历年奇。
道路平川难辨认,飞机客运遇天敌。
火车被困滨江外,旅客途中难充饥。
车站广场人满患,求得一票汗水滴。
冰城陷危难承重,部队支援来应急。
军民携手齐努力,维持秩序解难题。
天灾不挡英雄汉,战胜雪灾志不移。
地震前方传噩耗,巨龙卧轨受阻泥。
可恨天公不作美,职工巡路命归西。
因公殉职成千古,一盏红灯不再提。
日落日出多变幻,饥寒交迫路崎岖。
今朝探亲遭磨难,这段经历太离奇。

发生在癸巳年(2013年)十月十七日晚间,哈尔滨至虎林的路上一个真实的故事。

秋字歌

秋风秋雨秋渐凉,秋园秋林秋草黄。
秋云秋光沐秋月,秋果秋花闻秋香。
秋念秋思秋沙怅,秋田秋农秋收忙。
秋情秋爱秋陶醉,秋景秋韵秋声扬。
秋红秋绿秋蜜酿,秋蜂秋虫秋蝶藏。
秋长秋短秋难忘,秋水秋山秋梦长。
秋莺秋燕秋空舞,秋娱秋乐秋彩妆。
秋仓秋囤秋谷场,秋粮秋酿秋酒觞。
秋荷秋池秋鱼跃,秋叶秋丝秋树霜。
秋景秋云秋意染,秋情秋韵秋味芳。
秋去秋来秋常在,秋年秋月秋景赏。
秋情秋爱秋难舍,秋蝉秋蝶秋桐霜。
秋湖秋畔秋柳瘦,秋山秋河秋丝长。
秋光秋风秋沐浴,秋颂秋唱秋篇章。

散文诗

眺 望

我用饱含深情的笔,书写着济南的美丽。
那一行行,一字字,都是最靓丽的佳句。
把我的心灵清洗,我仿佛听到圣贤的话语。
让我登上仙境般的云梯,眺望远方的鹊华烟雨。

泉城漫游

我漫步泉畔,听黑虎咆哮,看激流狂欢。
白石泉涌清水流,九女亭中,惹来仙女下凡间。
游客歇脚亭中坐,静观,珍珠波光亮闪闪。
玛瑙串串行丽水,小桥下面,琵琶声弹。
豆芽泉边忆往事,美味佳肴,成为国宴。
金虎泉池河正中,岸边雕塑栩栩如生,奇石林立美自然。
常在泉边戏泺水,神话故事,处处美名传。
天宫打破翡翠盆,七十二泉,银壶玉露弥漫。
一片鲜花落成潮,彩蝶飞舞,空中盘旋。
漫忆浓荫舞彩绸,明湖月色,托起玉盘。

柳荫摇曳，池塘叠翠，垂杨清风升岚烟。

紫殿青霜天一色，绿树遮阴，一池碧水游画船。

秋柳诗社，高朋满座聚圣贤。

二安诗词歌赋，留有不朽佳篇。

七桥风月晚照，古今中外成美谈。

街衢小巷，摇曳青丝绿柳，诗仙醉卧曲水边。

历山脚下，风水宝地，舜帝耕耘万顷田。

齐烟九点拖旖旎，峻岭山前红梅绽。

背倚古郡，面对群山，芳草垂杨紧相连。

日启观看盛景，暮卷听涛复清潭。

凭栏远眺，览尽层峦叠影，群山明珠挂玉帘。

枯笔纵横，写不尽百脉盛宴。

追逐街衢古巷事，留有多少佳话，恰似满天群星璀璨。

齐鲁胜景如云，如画如诗醉双眼。

碧波粼粼明湖水，妖娆嫩蕊复香坛。

共我春光逐曜日，此地沃土栽蕙兰。

岁月如梭光阴转，齐鲁文化名城，

前程似锦，海纳百川。

涛声频唱，山河湖城交响曲，

泉城亭台楼阁，名胜古迹阅千年。

年　轻

请不要认为我们老态龙钟，因为我们还年轻。
请不要计算我们的年龄，因为我们还年轻。
我们心里充满了对生活的无限渴望，
我们在沧海的潮起潮落里，展开腾飞的翅膀，
画出一道绚丽的彩虹。
我们走上新时代的舞台，摇起双桨重新起航，
用我们的双手描绘出一幅优美的画卷。
请看，金秋结硕果，鹤顶映晚霞，
银色沙滩龙凤翔，我们努力追逐心中的梦想。
我们相信滴水穿石的力量。
让素笺升华，让快乐诞生在我们的身旁。
我们不图榜上有名，但愿不虚度晚年这段好时光。
只要我们有年轻的心态，潇潇洒洒迎夕阳。

祝　贺

走进夕阳，彩霞漫天，红叶似火。
走进金秋，稻谷满仓，万民祝贺。
我们满怀喜悦的心情，把美好的生活来迎接。
我们祝贺，红色江山美如画。

我们祝贺,紫禁城里奏凯歌。
我们祝贺,神州大地飞鲲鹏。
万众一心为锦绣华夏去拼搏。
如今走上繁荣路,再创辉煌登高科。
炎黄创造文明史,子孙万代唱赞歌。

九九重阳

走进九月,秋菊争艳,花朵丰硕。
九九重阳,我们满怀喜悦的心情,
把这个节日来迎接。
我们准备下丰盛的节日大餐。
献给你,献给我,献给我们伟大的祖国。
前辈用一生的心血培育了下一代,
才有了出类拔萃新一代的接班人,
为我们的祖国去建设,去拼搏,去奋斗,
去扬帆远航,为祖国的兴旺发达掌舵。
再过几十年,年轻人也会变成鹤发的我。
一代又一代唱不尽幸福重阳的歌。

泉城赞歌

泉城之水,气势磅礴,似瑶池泻玉,又似天女散花;
泉城之水,境界高雅,似银花怒放,又似碎玉迸发,
七十二兄弟姊妹也应接不暇。
因为有了泉水,泉城的美称才知名于天下。
觥筹交错,峰壑林秀,满城陶罐玉液喷洒。
碑刻上留下了你的名字,在济南永驻芳华。
源泉万斛今古少,美味甘甜水中豪。
美景飘倩影,遥指泉城风貌,泉水独领风骚。
齐鲁摇篮,傲骨春华,古城四周玉带缠腰。
趵突泉里那三杯乳茶,陶醉了多少骚客为你挥毫。
大明湖中,游艇飞舟,佛山倒影湖中摇。
千佛山上,风景如画,遥望齐烟九点,烟波浩渺。
五龙潭中,碧波荡漾,园内杨柳垂青条。
金龙腾飞,把秦府来保。
黑虎泉边,风光旖旎,琵琶声中,藏着玛瑙。
德王府里,珍珠串串,一池奇观独领风骚,
那是娥皇女英撒下的珠宝。
芙蓉垂杨白莲藕,翡翠叠影城中飘。
山清水秀名士多,古城到处有传说。
舜帝历山常耕种,乾隆为你把墨泼。

杜甫古城留名句，孔孟思想到处播。
易安诗词独家有，稼秆精忠来报国。
大禹治水保平安，斗胆敢把蛟龙锁。
鞭打芦花闵子骞，他是后人之楷模。
扁鹊医术人间少，下惠精神留美德。
龙山文化世界晓，翡翠叠影尽婆娑。
雄伟泰山在齐鲁崛起，黄河的涛声在这里经过，
小清河连接着泉城的脉搏。
观奇景，品甘露，古城故事灿又多。
景美水甜古城全，观景何必下江南。
日益恢宏注华篇，颗颗珍珠在这里闪烁。
我们爱泉城，我们爱家园，庆盛世，立伟业，
为我们美好的生活来祝贺。
祝泉城更美丽，祝家乡更繁荣。
古城不断谱新曲，茶更香，水更甜，
弘扬传统文化，齐鲁精神纳百川。
而今，新的泉水脱颖而出，锦上添花，登上高科。

泉城之歌

美丽的泉城我爱她，泉水垂杨遍地洒。
孔孟思想传四海，舜帝行孝传佳话。

鞭打芦花闵子骞，忠孝文化遍天涯。

美丽的泉城我的家，明湖碧波铺彩霞。

大禹治水保平安，芙蓉柳花美如画。

历山谱写爱情曲，德王府里珍珠撒。

美丽的泉城似奇葩，趵突天下独一家。

五龙腾空保秦府，黑虎泉边弹琵琶。

二安诗词放光彩，乾隆挥毫把你夸。

齐鲁文化说不尽，古城开遍文明花。

古城小调　献给尊敬的人民警察

你是秋天的风，卷走了黄叶，把金色的果实留在人间。

你是冬天的雪，冒着严寒，把纯洁献给了大地。

你是春天的雨，唤醒了沉睡的种子，打开了山川的美丽。

你是夏天的花，把城乡装扮得如此姹紫嫣红。

你是阳光，万物的生长，全靠你的沐浴。

你是一把伞，为我们遮风挡雨，你在风雨中依然挺立。

你是铜墙铁壁，能把千难万险托起，

让我们享受着温馨和惬意。

你就在我们的身边，在温暖的一瞬间，

让我们过得更加浪漫。

你把一颗火热的心送进千家万户，

在我们生活的路上铺满了阳光。

在我们有困难的时候,和你相遇了!

是你赶走了我们身边的那些忧伤。

当你来到我们身旁的时候,

我们看见了那一颗颗真诚的心在跳跃。

你那张热情、亲切的笑脸美美甜甜。

你只是众人中的一员,但是自从有了你的出现,

我们的生活就像珍珠一样璀璨。

每一天,总有你的行动去改变一些人的不良习惯。

你勇敢和那些丑恶对抗的精神,在您身上得到了体现。

你的力量和美言,是那么抚慰人心。

为了我们安居乐业,你来了。

我们用感激的心情紧紧握着你的双手,

仿佛是为了永远的挽留,你推开这座城市的波纹,

让我们看到了那一朵一朵荡漾的浪花。

你不但有浪花的品德,也有浪花的思想。

有多少渴望的眼睛,已在欢乐中度过了千秋!

有多少愿望和企盼,还在等待应答的途中。

有多少人看见了你的巍巍之志。

有多少人领略到了你的汤汤之情。

相知岂是千里万里,咫尺天涯心心相印。

有了你的守望,我们就有了安宁!

有了你的守望,我们甜得无忧,美得其所!

这座美丽的齐鲁古城处处撒满了你的真情!
所以我们就和你有了深厚的感情。

故乡啊！我爱你

我生在泉城的怀抱里，吮吸着甘甜的泉水成长。
是故乡的灵气灌输给我一生的信念，
是故乡的人给了我无穷的力量。
面对着历山雄伟的身姿，我豪情满怀地歌唱。
歌唱济南的美丽，歌唱泉水的荡漾。
歌唱齐鲁人的胸怀，歌唱孔孟的思想。
歌唱泰山的壮观，歌唱家乡的辉煌。
我禁不住！禁不住，掬一捧晶莹的浪花，
撒向这人间天堂，把故乡装点得绚丽芬芳。

角 落

给我一个安静的角落，避开所有目光对我的探索。
寂寞是我唯一的选择，经过多年的踯躅漂泊。
面对无数个陌生的面孔，我不说！也不想说！
多年以后，为什么得到的太少，失去的太多?

为什么生活对我如此冷漠?
这些年我总是在无奈中度过。
经过多年以后,我祈求苍天打开命运的枷锁,
没想到苍天对我如此的吝啬。
我依然在艰辛的路上饱受折磨。
多年以后,我不再沉默,我不再懦弱。
每当夜深人静的时候,看着布满伤痕的双手,
忍着疼痛挣脱身上的枷锁。
今天的我再也不是昨天的我,也许明天要面对更多。
我昂起头,挺起胸,冲出这黑暗的角落。
用自己的双手搭建一个金迷纸醉的巢窝。
开始新的生活……

齐鲁情

闻一闻泥土淡淡的清香,喝一口泉水甜在心房。
荷叶上落满晶莹的露珠,柳枝上挂满串串芬芳。
齐鲁大地对我有养育之恩,血液里蕴藏了孔孟思想。
洑源之水奔腾跳跃,珍珠玛瑙琵琶声响。
泰山的呐喊让我潸然泪下,黄河的涛声带我扬帆远航。
佛山瀑布玉锦丝绦,大明湖畔垂杨飘香。
趵突腾空曲水流淌,泉城甘露人间共享。

娥皇女英撒下珍珠,黑虎泉边笑声满堂。
解放阁先烈名垂千古,五龙潭底藏着忠良。
先贤故事载入史册,英雄山烈士人民不忘。
齐鲁故事数不胜数,子孙万代情深意长。

走过沧桑

走过沧桑,珍惜人生每寸光。
漫步红尘,沿着人生的青纱帐,用心灵舞出一抹馨香。
沏上一壶流年的茶,品一品流光里的美妙乐章。
在有声有色的岁月里,吟一首繁花似锦的浅唱。
人生如画,有高山,也有海洋,有欢歌,也有泪淌。
人生如戏,有悲愁垂涕,也有笑声满堂。
有生旦净末丑,也有神仙虎豹狼。
一路走来,携一篮坦然,赏一园花芳,
享受一杯陈酿的酒浆。
一路走来,种下两片绿荫,孕育满园花香,撒下一株善良。
一路走来,栽上一颗爱心,长出一田好心肠。
一路走来,风光无限,苦辣酸甜心里藏。
让三尺正气常立在身旁,树立美好的形象。
宽容四两服下,孝顺半斤常想。
真诚六钱细研,奉献社会七分荣光。

道德新风八讲，诚实九思人人敬仰。

带上十味良药，坦坦荡荡度时光。

推开岁月的门，踏在风雨飘摇的路上。

只有品尝过人生百味，才体会到青山脉脉，

大地茫茫，世界之广。

让沧桑的画卷上，心如镜，静如禅，

让阳光永远照耀你的心房。

在平凡的岁月里，给人生涂上绚丽的芬芳。

让五讲四美三热爱，扎根在这片肥沃的土地上。

涌动齐鲁，激情无限。

展开绚丽的翅膀，绽放泉水的芬芳。

铺点泰山的巍峨青翠，播撒佛山的酥香。

荡漾明湖潋滟的波涛，装点泉城的画廊。

百脉垂杨，化成一支支挺拔的笔，

写出你丰姿神韵的模样，记录你越来越美的景象。

承载你千年魅力的荣光，变成一个个弹跳的心脏，

点缀你多娇绚丽的霓裳。

用从小喜欢的柳笛，演奏祖祖辈辈热爱的家乡。

挥洒串串珍珠的美丽，舒张泉水的激荡，

记载你千年的辉煌。

与唐诗宋词一起，走进你博大精深的文化长廊。

用铿锵有力的臂膀，拥抱黄河，拥抱海洋，

拥抱泰山，拥抱孔孟之乡。

当我们一次又一次穿越历史,无不因震撼骄傲而颂扬。
泉城,泉城,美丽富强!
当我们走向繁荣,
把你的名字刻在每个人的心坎上。
与《诗经》《史记》一起,翱翔,翱翔,翱翔。
穿越时空,看万里新妆。
叱咤风云,奔向富裕康庄。
迈开大步走向世界,以源远流长的民族情结,
谱写快速发展的宏伟篇章!

校园情怀

我第一天走进校园,一株株桐树映入我的眼帘。
绿叶散发着浓浓的芳香,清新的气息慢慢地飘散。
淡淡的,雅雅的,把操场和蓝天装点得如画卷。
我轻歌曼舞,把欢乐撒满校园。
几度冬夏,几回春秋转,树身婆娑枝茂叶繁。
绿荫起波澜,倩影惹人恋。
我倚靠在树旁,无尽遐想在脑海中浮现。
春天树梢翠绿点,夏天像把太阳伞。
秋天树叶舞翩翩,给大地铺上绣花毯。
绿地镶宝石,橄榄绣花边,金片刺在草中间。

冬天挺拔迎风展,北风突起寒潮卷,

风也摧残,雪也摧残,傲骨挺胸战严寒。

高雅志,英雄胆,任凭霜涛剪。

我离开校园的那一天,有太多太多的留恋。

留恋郁郁葱葱的绿茵,留恋繁花斗艳。

留恋鸟儿争鸣,留恋蝴蝶穿梭在花丛间。

留恋同学们的友谊,留恋老师和蔼可亲的笑脸。

留恋学府甘为人梯,留恋圣地远瞩高瞻。

几十年后,我牵着儿孙的手,把他们送进校园,

你的英姿依然是立地顶天。

你迎来了一茬又一茬新生,送走了一批又一批青年。

栋梁布四海,人才遍九川。

祖国后秀你浇灌,桃李芬芳满人间。

宣 战

齐鲁古城碧水清波,怀里抱着青青的山,弯弯的河。

柳叶芙蓉挂满露珠,绿林处处百鸟唱歌。

蓝天白云彩霞飞舞,垂杨树影尽情婆娑。

清泉明如镜,繁星皓月望着我。

如今,浓烟滚滚头上盖,污泥浊水流进了河。

蓝天白云对我们说:"是谁挡住了我们的脸庞?"

月亮繁星对我们说:"是谁把我们的眼睛遮?"
小鸟对我们说:"是谁弄脏了我的巢穴?"
他们都对我们发出愤怒的谴责!
我们再也不要沉默,我们再也不要推脱,我们再也不要
　　让他们数落。
向恶习宣战! 向污染宣战! 下决心把邋遢的衣服脱。
还青山一片绿,还天空一片蓝,还鸟儿一处整洁的窝。
让月亮对我们笑,让繁星把我们抚摸。
让优美的环境陪伴我们的生活, 齐鲁古城还是从前那样
　　的漂亮,向精神文明讴歌。

船

小时候,手里拿着妈妈给我的两分钱,
走进街口的图书馆,
在那里我发现了一只小小的船,
它把我带入童话的乐园。
这里有月亮奶奶的美丽传说,
这里有太阳公公温暖的笑脸。
这里有安徒生笔下的老路灯,
这里有洁白的雪花飞满天。
有趣的故事快乐无边。

长大后，才明白这是一艘装满智慧的船，
船上的知识堆积如山。
是它带我扬帆远航，是它给了我人生的指南。
它是我前进路上的灯塔，它是途中的一池甘泉，
它的财富今生来世都用不完。
如今，我登上了一条巨轮，
探索太空的奥秘，寻找海底的宝藏，
在这里都能找到答案。
遍地枫叶红似火，满山秋菊香满园。
驰骋书山知历史，博览学海闻诗坛。
明灯一盏照远程，飞船腾空九天旋。
人生有它常相伴，乘风破浪永向前。

奥林匹克风

伦敦奥运的结束，中国健儿的凯旋，让历史成为永恒。
希腊创造了一个神话，
顾拜旦开奥运之先河，建世界之大同。
扬正气风尚，不唯胜负论英雄。
中国奥运第一人（刘长春）领先出征，
展中华奋勇威风。
经过了大半个世纪的历程，参赛大军猛增。

国歌冲云霄,五颗红星照亮天空。
创中华伟绩,洗病夫之辱,跨世界先锋。
发扬奥林匹克精神,奇迹一次又一次发生。
纪录一次又一次刷新,今朝凤翥,祥龙腾空。
向更快、更高、更强的水平攀登。

阳光下的花朵

在一片绿色的山坡上,有几个村娃迎着曙光。
他们像一朵朵小红花,在乡村的田野上开放。
男娃晃动着手里的皮鞭,牛羊跑上高高的山岗。
女娃挎着小竹篮,到村头的河边洗衣裳。
留守孩子不停地忙,在田野上,在树林旁,
孩子们常把山歌唱:
"娘啊娘在何方?爹呀爹你为啥总是不在咱家乡?"
孩子们天天盼日日想:爹娘啥时能在我身旁?
孩子们盼着农村也和城里一个样!
有学校,有工厂,有汽车,有楼房。
到那时,爹娘再也不会出去忙。
睡梦中,孩子们露出微笑的脸庞。

风采人生

走进校园，我们的生活充满活力。
走进校园，我们的人生不再空虚。
校园的清风，把我们心中的浮尘抹去。
校园的平台，让我们的梦想在这里飞起。
我们踏进校园，歌声嘹亮，舞姿飘逸。
我们踏进校园，琴棋书画扬国粹，老骥伏枥，志在千里。
党的关怀，让我们享受着温馨和惬意。
有了山东老年大学的陪伴，我们的心里多么甜蜜。
有了山东老年大学的沐浴，我们得到了阳光般的洗礼。
我们珍惜金秋的美丽，我们珍惜文化的圣地。
我们珍惜时间的宝贵，我们努力编织晚霞锦绣旗。
我们在这里重新起航，遨游在知识的海洋里。
山东老年大学风采靓丽，师生唱响友谊曲。

白衣天使功不可没

庚子初夜，无情病毒从天落。
仰天狂吼，乌云遮月，无数苍生受折磨。
钟南山院士深入虎穴燃战火，摇旗呐喊唤民觉。
白衣战士英勇挑起重担，踏浪前行降恶魔。

她们坚守在抗疫一线，用汗水和微笑抚慰着无数患者，送上仁者的赤热。

她们是带着利剑的侠客，斩尽这些来路不明的毒蝎。

她们高举着钢鞭，驱赶着被乌云笼罩的黑夜。

她们愿意化作皑皑白雪，让人间变得一片皎洁。

她们愿意化作一池甘泉，让爱的热血传播。

她们是最美丽的花朵，在病床前绽放着医者的美德。

她们用一颗火热的心，把温暖撒满病房的每个角落。

让患者得到沐浴，从痛苦中彻底解脱。

待到春雷吟九天，江山依旧荡绿波。

金色阳光普照大地，鲜花迎胜利，锣鼓奏凯歌。

我们欢呼雀跃，迎接白衣战士，把勋章送给麒麟客。

情系汉阳灭瘟神

天敌突然从天降，入侵汉阳太猖狂。

党中央号角吹响，南山院士出征战场。

白衣战士全副武装，

肩担使命，撇下儿女，扛起背包，告别爹娘。

铁拳紧握，誓言铿锵。

哪里需要我们，我们就在哪里发光。

拯救苍生，刻不容缓，坚决打赢疫情防控阻击这场硬仗。

病魔无情，人间有爱，句句话儿暖心肠。

汗水如雨往下滴，桃腮粉面挂彩旗。

泪水在晚霞里流淌，笑容在病房里绽放。

一方有难，八方支援，各条战线凝心聚力，

消灭病毒，指日可待，

东方之珠是一堵击不垮的铁壁铜墙。

在那抗击疫情的音符上，

挂满了金灿灿的锦旗和勋章。

鲜花永远在祖国大地上绽放，

泱泱华夏仍然屹立在东方。

春天的告白

新春到来，我用饱蘸深情的笔，

书写一首春天的诗行。

春天是万物苏醒的季节。

我带着希望和梦想与海鸥一起飞翔。

我写红梅尽情地绽放，

我写百灵在林间歌唱。

我写雄鹰在天空飞舞，

我写锦鲤肆意游荡在湖中央。

我写喜鹊传佳讯，

我写雨燕筑巢忙。
我写含苞待放的花蕾,
我写小草发芽迎接春天的曙光。
我写老济南记忆馆志愿者的情怀,
我写齐鲁儿女微笑的脸庞。
我写春光锦绣姹紫嫣红百般媚,
我写撷取清风一城香。
我写"邀来满园花间鸟",
我写"珍珠满城迎朝阳"。
我用一颗真诚的心,
书写熠熠生辉的篇章。
这就是我写的一首春天的诗行。

新年贺词

2022年的钟声即将敲响,
迎春花露出了微笑的脸庞。
我们即将踏进新的一年,
奏响一曲新的乐章。
我们即将站在新的起点上,
心中升起新的希望。
我们拥抱大地,我们拥抱阳光。

在这个辞旧迎新的日子里,
我们载歌载舞,欢聚一堂。
奔向灿烂辉煌的明天,荡起双桨,
乘上建国大业的红船,扬帆远航。
社会有需要我们上,群众有困难我们帮。
夕阳路上有作为,不愧金秋好时光。
老济南记忆馆的全体志愿者,
祝全国人民幸福安康!

泉城颂

我们激情仰视千年斑斓的景色,
站在山顶,眺望大自然创造的杰作。
在那天水交汇的地方,
生长着灿烂的琼枝翠叶。
我们赞美横岭侧峰的烟波浩渺,
我们赞美婀娜多姿的瑶池映月,
我们赞美岚烟绿柳窈窕的青丝,
我们赞美滚珠泻玉的百泉脉搏。
清风吹绿岸边柳,锦弦拨开湖中荷。
古韵弹奏风流人物,
惹来无数名士挥毫泼墨。

我们老济南记忆馆的志愿者,
把这些博大精深的文化来传播。
我们不忘先贤创造的财富,
把美丽的故事和大家说。
我们讲二安诗篇永放光芒,
我们讲杜甫古城留下佳作,
我们讲忠孝文化留下丰碑,
我们讲孔孟思想留下美德,
我们讲诗词歌赋留下华篇,
我们讲杏坛鼎力知识渊博,
我们讲金龙千年腾云驾雾,
我们讲银虎万载岚烟清波。
琼浆斟满琉璃杯,彩霞织出锦绣帛。
七十二泉云霞满,碧水悠悠唱赞歌。
百花洲前观五色,曲水河边故事多。
趵突涌出琥珀光,千佛山上有传说。
大明湖畔赛江南,小桥连虹玉镜拖。
湖光山色展长卷,青山叠翠任穿梭。
清泉无弦弹妙曲,齐烟有灵建金阁。
泉城故事说不尽,千秋瑞景尽婆娑。

泉城赋

齐鲁古郡，聚千泉之水，拥万顷碧波。承圣贤家风，积四方英杰，担民族道义。登临宝塔，举目远眺，南有泰岳翼护，城汇泺水东流。九曲黄河，龙吟虎啸，直奔大海不复回。京沪铁路横穿南北，高速路网跨越东西。四季艳阳高照，喜迎紫气东来；尧舜高风普惠，彰显忠孝仁义。戏曲小调悠扬，说古唱今，传播历史经典；林木葱葱环绕，诗词歌赋，书写大好河山。回眸青史，杏坛鼎立，王府书院，巡抚三司，齐鲁精英，治国安邦；名士楷模，遍布城乡，泉城美景，驰名天下，欣逢盛世，国富民强。承丹霞，撒银露，沐良政，播春阳。精神文明举旌旗，经济发展争先锋。鼎力革新，开拓科技路；振兴中华，共圆强国梦。凝心聚力，打造青山绿水；众志成城，建设一流都市。灯塔光耀康庄路，脱贫致富立新功。看劲松枝繁叶茂，耀金鳞，冲雪浪，共繁荣。华光显赫，聚四方人才著鸿篇；碧水悠悠，载八方游客满画船。沐文明之光闪烁，喜迎朝阳。此乃山东之泉都也。

我的祖国

我的祖国,朝气蓬勃,谱写着一首首凯歌。
你在千疮百孔中成长,你在炮火中砸碎侵略者的枷锁。
你从南湖红船上启航,从此神州大地书写着炎黄的胆略。
你在东方巍然屹立,把五星红旗插满祖国的壮丽山河。
长征路上的足迹,延安窑洞里的灯火,谱写着奇迹般的
　伟大战略。
是你推倒了三座大山,从此全国人民走出了被压迫的旋涡。
你踏上开创未来的步伐,奏响一曲伟大的赞歌。
你像雄鹰飞过高山险阻,你像骏马跨过冰川雪河。
你的热血激起层层浪花,你的精神托起民族魂魄。
我的祖国,气势磅礴。
你像昆仑那样壮观,你像海洋那样宽阔。
你像黄河汹涌澎湃,你像长江呼啸热烈。
你像星辰永远灿烂,你的铁骨永不曲折。
我的祖国,九天揽月。
神舟飞船绕寰宇,太空中挥洒着巨龙的气魄,宇宙中跳
动着炎黄的脉搏。
我的祖国,五洋捉鳖。
打开龙宫的大门,敢去海底探索。
你不怕大浪淘沙,你不怕海底险恶。

雄心虎胆开新路，不屈不挠去拼搏。

我的祖国，波澜壮阔。

在九百六十万平方公里的土地上，谱写着胜利的成果。

从一穷二白走进小康生活，

经过百年的努力，走向世界前列。

我的祖国，努力拼搏。

科技领先成绩卓越，脱贫致富，打造青山绿水。

骏马奔腾龙翔虎跃，铮铮铁骨踏平坎坷。

抗击非典，战胜新冠病魔，确保了人民健康美好的生活。

我的祖国，绚丽婀娜。

山河锦绣为你骄傲，谱写着智慧的赞歌。

我的祖国，浩瀚辽阔。

珠穆朗玛峰的壮观，万里长城的巍峨。

中华崛起的身姿，自强不息的品德。

牢记使命的宗旨，勤劳勇敢的性格。

我的祖国，风光无限。

两弹一星的丰功伟绩，一带一路的丰硕成果。

人类文明引领世界，祥云缠绕五环燃烧的圣火。

前进路上的宏伟目标，盛开着五千年文化的灿烂花朵。

十四亿中华儿女啊！唱响你一路领先的凯歌。

这就是我们的祖国。

爱涌泉城,风光无限

打开泉城的画卷,一颗璀璨的明珠在眼前飘过。
鹊华秋色,恬静悠然,彰显着斑斓的奇峰美景。
三周华不注的故事,千古流传。
大明湖畔,碧波荡漾,画舫笙歌载满八方来客。
芙蓉花开,濯清涟而不妖,好似天仙起舞闪烁。
垂柳青丝摇曳,历下亭中留下千古名句,骚客雅士吟诗
　　写词为乐。
趵突腾空,天下奇观,三杯银露赛甘泉,美名传遍世界。
万竹园里赏美景,翠竹碧绿通幽处,小溪绕楼阁。
庭院春夏秋冬生机盎然,泉水剔透廊前过。
园林幽径泓池,春风杨柳映雪。
五龙潭里,碧波荡漾,巨龙泻玉,浩渺烟波。
白云悠悠入画栏,假山奇石错落。
德王府邸,珍珠串串,娥皇女英载入史册。
黑虎泉边,风景如画,巧设天宫,泉水故事娉婷婀娜。
杨柳依依似江南,到处都有美丽的神话传说。
千佛山脉,峰壑林秀,青松翠柏连着泉城的脉搏。
泉城的一草一木,一池一泉,都散发着数不尽的美德。
大舜道德文化之魂与孔孟思想传遍世界。
我们作为泉城的一员,保泉,爱泉,护泉,讲好泉城故事,

传播泉城文化是我们的职责。

我们是老济南记忆馆的志愿者,为弘扬泉城文化唱赞歌。

捡拾散落的珍珠

当我们凝眸那一张张透视往昔的窗口,

掩饰不住内心的感动,有多少往事涌上心头。

是你们那份永恒的坚守,唤醒了多少人的渴望与等候。

是你们那份执着的追求,把化石的奥秘搬上镜头。

是你们挖掘埋在深处的记忆,让璀璨的文化装满归舟,

是你们紧紧地拉住历史的手,让国粹不再飘游,

让美如鼋画的泉城故事纳入主流,

把即将消失的遗迹挽留。

是你们捡拾着散落的珍珠,

让古老的齐鲁文化重新焕发出耀人的光芒,

让我们在历史的长河里遨游。

感谢你们的辛勤付出,

感谢你们对文化的拯救,

让我们携手传承优秀的传统文化,

肩担使命更上一层楼。

祝愿胶济铁路博物馆志愿团队,

乘满轮霞光,名留千秋。

凝 望

我们凝望着银幕上的轩窗,
那是我们心中最神圣的殿堂,
那是我们心里最向往的地方。
我们寻着古迹的方向,
静静地聆听一场场名师的最精彩的演讲。
那一字一句宛若历史的回荡,
那一张张优美的画卷,
展现出仙境般的历史长廊,
让我们的心灵激荡。
我们凝望着那一张张图片,
只为看看你那古老的模样。
我们凝望山的秀美端庄,
我们凝望泉的涓涓流淌,
我们凝望湖的碧波荡漾,
我们凝望河的欢腾奔放,
我们凝望城的亭台楼阁,
我们凝望齐鲁大地上的俊美风光。
您的脸庞是那样慈祥,
散发着深厚文化底蕴的光芒。
那一刻我们的灵魂悄然绽放,

那一刻我们心中燃起一炷禅香,
祈求万物永远安详。
感谢你们将那一串串珍珠,
撒落在这座美丽泉城的花瓣上。
感谢你们抹去了多少人心底的惆怅,
把泉城的宝藏收进锦囊,
让璀璨的历史千古传唱。
祝愿胶济铁路博物馆更加辉煌!

蜻蜓的爱

春天,大明湖里的荷田绿了。
青莲在阳光的照耀下,绽放着美丽的花朵。
湖面上盘旋着蜻蜓的身影,
它们依偎在粉红色的花瓣上,
亲吻着淡淡的花香,
尽情地享受着菡萏带来的温情。
一转眼,秋天到了,渐渐泛黄的荷叶,
把蜻蜓紧紧地搂在怀里。
它们在一起,度过了寒冷的冬天。
在又一个春暖花开的季节里,
荷塘里的鲜花迎风绽放。

蜻蜓带着它们成群的儿女,
畅游在这片婀娜的湖面上。
年复一年,生生不息,
欢快地生活在泉城的乐园里。

记住乡愁

这里是我的故乡,它的一泉一石,一草一木,
都记录着历史的辉煌。
这里的山川湖河,都是古老的文明殿堂。
它的每一座亭台楼阁,都镌刻着华夏的豪放与沧桑。
这里是我深爱的热土地,泉水像母亲的乳汁一样,
在我的血液里流淌。
这里蔓延着诗的情怀,这里飘荡着茗茶的清香。
这里是我眷恋的家园,我走遍天涯海角,
也要寻找归属的地方。
东海泛起碧波的时候,这里落满金色的阳光。
我踏着祖祖辈辈走过的石板路,
抚摸着先贤跳动的脉搏,
眺望着博大精深的画廊。
我目染文人提笔安天下的豪迈,
我观澜武将马上定乾坤的翱翔。

这里的春天鲜花一簇簇,
这里的夏天雨燕一行行,
这里的秋天红叶一片片,
这里的冬天暖阳阳。
这里的翠叶挂满玉珠,
这里的景色胜似天堂,
这里的千山碧树卷清苑,
这里的四面荷花伴垂杨。
金星万点升紫色,银露百盏永流芳。
这就是我深爱的泉城,这就是我美丽的家乡!

中国青年盛会的赞歌

全国各地的朋友踏上开往济南的列车,
泉城人民敞开博大的胸怀热烈欢迎八方来客。
齐鲁大地上,有无尽的风景在你眼前划过。
品茗论道听趵突啸声,拂柳登山看鹊华秋色。
都市里飞扬着古老的神话传说,
街巷间响动着热情洋溢的欢歌。
泉城有志愿者的无私奉献,让爱心充满人间。
在这片碧水蓝天的土地上,跳动着温馨的脉搏。
你们在这里,收获着喜悦。

蔓延着诗的情怀，泛起碧绿的清波。

继往开来，几经开拓，前进的征途上，

打造绿色的山河。

在历史的丰碑上，记录着英雄们的战歌。

人民不会忘记，是共产党拯救了中国。

铁锤铸造了红色行船，镰刀开启复兴的欢乐。

历史揭开了美丽的故事，名人雅士留下经典佳作。

让我们乘上中国特色的飙轮，享受这美好生活的喜悦。

在这个洒满金黄的季节里，乘中国特色的东风，踏上改革的飙轮，龙翔凤翥，飞跃历史的长河。

让我们共同祝愿，我们的祖国，繁荣昌盛！朝气蓬勃！

注：2021年12月3号，由团中央主办的第六届中国青年志愿服务交流会在济南成功举办。

用脚步丈量泉城的杨宝生先生

你和新中国一起成长，

在《我们是共产主义接班人》的歌声中长大。

在建设新中国的道路上，

你奉献了风华正茂的青春，

你奉献了激情燃烧的岁月。

你即将踏进夕阳,却依然绽放着光和热,
行囊里,装满金秋的收获。
我敬佩你的执着,我赞美你高尚的品德。
我羡慕你的才学,我佩服你的锲而不舍。
我仰慕你的千里跋涉,你踏遍祖国的角角落落。
你对家乡的热爱,绘出泉城的特色。
你的才华,你的笔墨,你的追忆,你的思索,
你的精神,你的拼搏,你是我们学习的楷模!

夕阳里的浪漫

天边的彩霞,将银色的沙滩点燃。
在潮起潮落里,回荡着曾经的誓言。
如今的我们,虽然是秋霜满面,
岁月里却留下了人生的浪漫。
虽然青春和美丽已经飞远,
但是,我们并不遗憾。
因为我们有一颗赤诚的心,
让夕阳的晚霞,迸发出无限的斑斓,
让金秋的彩笔,绘出一面锦旗,
辉映着潇洒的画卷。
如今,生活的甜蜜,谱写着精彩的诗篇。

只要我们拥有一份爱的奉献,
就会挥洒出红霞,落满人间。

等 待

我在一个漫长的黑夜里挣扎。
一阵阵凛冽的寒风,几乎将我扼杀在这片土地上。
我强忍着刺心的疼痛,一次次品尝着恶魔喷射的毒液。
在黑与白的人间,轮番被无情的手揉搓。
在寒冬休眠的时期里,我撕开厚厚的行囊。
努力勇敢地挣脱捆绑着身躯那一条条的绳索。
夕阳,给我一个意外的惊喜,
让终于绽放了久违的温馨的笑容。
在一个暖暖的日子里,为往日的凄凉,雕刻一幅美丽的
　　画卷。
或许,这一缕霞光饱含了太多的眼泪,曾经播撒在这块
　　土地的血迹,数不清,
我用了多少汗水,孕育了绿色的灵魂。
我静静地走出黑暗,感受阳光与轻风的抚摸。
我只想拥抱春天,在芬芳美丽的花丛中,享受大自然的
　　馈赠,敬献一次热烈的初吻。

鸿雁说

晚霞红颜没,白发飘落,凛冽冷风削红叶。
秋雁从头过。仰天狂吼,悲痛欲绝。留有多少离别情,迎冷风,战寒梅傲雪。飞过万千高山楼阁。天际乌云滚滚,花谢花开层层叠叠。吾携一把剪刀在后,杀不尽无义遍野,剪不断烟云灭!人世间笑我痴情,泪湿襟,泛滥成河。冲起浪花朵朵,逆流狂卷入江河!风萧萧,水滔滔,遥望无边大海起巨浪,长叹向天问,谁来怜我?人间多少寻常事,纵有柔情刻骨,雄风总有消逝,难免风吹云散。

往事悠悠

岁月书写着南下的往事,
把一位风华正茂的少女搬上舞台,
让历史重现那段惊涛骇浪的年代。
唱响一曲民族解放的高歌,
追逐一段大地觉醒的情怀。
苏丽秉承母亲报效祖国的信念,
毅然走上光明的道路,在磨难中成长,
在艰苦的环境中看到了中华民族的未来。

为寻草药救战友，慈父用三大纪律教育后代。
深入虎穴斗顽匪，单刀匹马辨黑白，
为黎明前的曙光把路开。
亲人的嘱托，恋人的期待，化作忠魂的呐喊，
彰显军人的豪迈。
用鲜血点亮一盏明灯，照亮祖国的万里山脉。
一朵鲜艳的牡丹花在我们的心中永远的盛开。

喜看今朝

今天我也说，明天他也说，是共产党人拯救了中国。
红船里，开辟了解放的道路；南湖上，制定了宏伟的目标。
几经暴风骤雨，与敌人拼搏，长征路上踏平了多少坎坷。
铁拳捍卫了民族的尊严，红旗下奏响凯歌。
一路上收获了复兴的成果，
我们的道路越走越宽阔。
老一代人也说，新一代人也说，神州大地上奔跑着幸福的彩车。
田野上飞扬着稻谷的芳香，人民过上了小康生活。
都市里荡漾着蓬勃的活力，乡村漫山遍野传欢歌。
几经开拓，几经跋涉，科学发展，强盛了祖国。
特色的中国已经崛起，我们的道路越走越宽阔。

书 灯

书是一盏灯,在午夜拂过天空,
带走了黑夜与寒冷,迎来了温暖与前程,
把黑夜与寒冷埋入深坑。
书曰:"这就是我的使命,
因为——我是灯。"

梦 想

我总是拥有太多的梦想,才肆无忌惮地飞翔。
我总是拥有太多的憧憬,再大的风浪也折不断我的翅膀。
我抱着一束再燃理想的火花,走到了文学这座舞台上。
为了寻找梦的踪迹,我跋山涉水,刺骨悬梁。
希望能得到大家的支持,实现我多年的梦想。

迷 路

命运的小舟把我带进了迷茫的深处。
漂泊的心不知何方是归宿。

深海幽谷触暗礁,帆破杆折天难助。

滔滔沧海有谁问,茫茫桑田无觅处。

路漫漫,黔驴技穷。盼曙光,待等旭日升东方。

有船在,只要一息尚存,重新起航,再登大陆。

红色诗篇

心中的太阳永不落

遥望红日东升,心潮起伏如潮涌,情满韶山冲。

当年延安窑洞,午夜灯火通明,书写华夏锦绣前程,让高山江河化彩虹。

南湖红船,铸造金镰玉锤,睡狮苏醒,浴火重生。

秋收起义,凝心聚力气势宏,直击湘赣,万马奔腾。

井冈星火,指路明灯,工家武装搏击长空。

遵义会议,敲响警钟,巨手一挥,唤醒中华百万神兵,振我中华雄风。四渡赤水出奇兵,黄洋界上炮声隆。

万里长征,险阻重重,雪山草地飞雄鹰。

驱赶日寇,八年烽火,三载挥长缨。

三军会师延河畔,宝塔山上点亮明灯,红色政权握手中。

陕北圆我中华梦,抗战成功,成竹在胸,终见黎明。

百万雄师过大江,万里晴空展新容,党的光辉映碧空。

五星红旗照耀金亭宝塔，天安门城楼，湘音如洪钟，中华儿女挺起胸。
饮水不忘挖井人，万类凝成同歌颂。
先烈英灵，千古流芳，清史留名，党的光辉映碧空！
伟大思想，不朽丰碑，万代永恒。
红太阳永远照耀着祖国大地，
是一颗永远不落的璀璨明星！

历史长河铸辉煌

阅读五千年的史书，沿着中华儿女的脚步，
在悠悠的长河里，翻过了多少高山险阻。
从三皇五帝，到封建统治，
在这条漫长的道路上，庶民曾长时间忍受三座大山的重负。
受尽了封建王朝的压迫，侵略者的凌辱。
中国共产党，重整往日旧山河，
推翻迂腐的制度。
立下誓言，开拓光明的道路。
工农并肩，抛头颅，洒热血，历尽艰辛，努力拼搏，
救国救民于水火，拯救国土。
中国共产党，带领全国人民，坚定信念，
一步一步踏上伟大的征途。
偌大的文明古国啊！有了新的生机，书写着远大的宏图。

东方孕育香山秀水，祖国矗立宝塔明珠。

巍巍大厦金碧辉煌，牛羊横卧，人民安康，物产丰富。

请看，在九百六十万平方公里辽阔的土地上，

到处弹奏着繁荣盛世的音符。

北国的瑞雪，江南的春色，

东海的鱼香，西域的辽阔。

呼伦贝尔大草原的轻歌曼舞，

杭州西湖盎然的春色，

济南山水的浓妆淡抹、诗词歌赋。

祖国处处披锦绣，乾坤郎朗荡五湖。

文明古国越千年而不朽。

中国共产党不忘初心，全心全意为人民谋幸福。

从南湖红船，到南昌城楼的枪声，

从井冈山的号角，到长征路上的壮歌，

从抗日战争的轰鸣，到解放战争的炮火，

从天安门城楼上的五星红旗，

到建国大业的丰硕成果。

党绘制站起来、富起来、强起来的宏伟蓝图，

乘改革的骏马，奔向小康生活。

在辉煌的里程碑上，书写着一段段峥嵘岁月。

在辽阔的祖国大地上，

到处盛开着繁荣昌盛的花朵。

这就是中国共产党百年的收获。

中华颂　华夏上下五千年

张开雄伟的翅膀，绽放磅礴的东方。
祖国处处披锦绣，探古寻今神采飞扬。
自古英雄多壮志，发明创造样样强。
神话传说人间满，伏羲创文字，女娲补天造炎黄。
神农播五谷，后羿射太阳。
孙武演兵法，孔丘周游列国写典章，孟母培育好儿郎。
蔡伦造纸而惊世，活字印刷传四方。
杜康酿美酒，张衡制仪把地量，科举选才起隋唐。
李时珍足踏九域，医药泰斗留神汤。
郑和开辟海上丝绸路，驾宝船七次下西洋。
虎门销烟保家卫国。
中山挺身废帝制，武昌打响第一枪。
利剑空鸣威震四海，延安窑洞升曙光。
金镰玉锤开辟新天地，东方升起红太阳。
天安门城楼礼炮响，全国人民挺起胸膛。
五星红旗浩如烟海，万里江山换新装。
香山秀水孕育东方明珠。
巍巍大厦金碧辉煌，捷音频频晴空朗朗，
翠蓉宝塔碧水汤汤。
仰盛迹日日繁荣，牛羊横卧，人民安康。

文明古国越千年而不朽，华夏昌盛万寿无疆。

光辉历程

南湖红船，把镰刀锤头挂上桅杆。
党旗指航向，尽美、恩铭把革命烈火点燃。
鞠躬尽瘁把忠心献，叱咤翱翔卷巨澜，
唤起工农千百万。
长征路上的足迹，战场上的硝烟，
黄洋界的炮声，把中国推上风口浪尖。
炮火惊醒东方睡狮，渡金沙，爬铁索，过雪山，
红旗直指延水河边。
延安窑洞里的灯火，给中国人民指明了革命的方向。
转战南北，抗倭寇，驱逐残兵，不惜血汗。
争自由，排万险，力挽狂澜。
中国共产党救民族于危难，
战歌嘹亮，升曙色，奏歌凯旋。
红旗插遍神州，港澳回到母亲身边。
伟大的党，托起民族魂，推动了革命事业的大力发展。
神州大地复峥嵘，盛世妖娆群星璨，稳操革命的航船。
骑上改革骏马，登上开放飙轮，
红旗猎猎指航程，纷纷开启新纪元。
南水北调，西气东输，火车开上青藏高原。

嫦娥奔月成佳话，万众瞩目舞翩跹。

奥运圆我百年梦，点圣火，升五环，翔云世界都传遍。

"东亚病夫"成历史，龙翔凤翥盛世空前。

神州大地复峥嵘，锦绣河山。

昨天的拼搏，今天的辉煌，明天的希望，激励我们谱写新的诗篇。

两岸儿女盼统一，灿烂曙光映双坛。

炎黄子孙跟党走，再创伟绩铸华年。

磅礴大中华

天地泱泱，岁月汤汤，大潮滂滂，巍巍华夏饱经风霜。

往昔的血汗，谱写一首首不朽诗章。

往昔的呐喊，敌人投降，法西斯灭亡。

伟大的战绩，嘹亮的凯歌，铭刻在祖国的丰碑上。

人民怎能忘，豺狼蹂躏大地的惨，当年日寇屠刀的寒光。

南京大屠杀是中国人永远的创伤。

回首往事，饱尝民族苦难，细数他日，饱经战乱汪洋。

血染秦淮水，硝烟燃四海，尸骨抛九江。

山怒吼，河愤然，中华满目疮痍泪，炎黄子孙恨满腔。

雄狮不再沉默，蛟龙不再彷徨。

于是，南湖红船谋大业，大浪涛鸣磨刀枪。

镰刀铁锤开新政，工农武装上战场。

斗顽敌转战南北，尖刀插入敌人心脏。

双目含仇深似海，铮铮傲骨迎恶仗，横扫日寇势不可当。

不愿做奴隶的人们挺起了胸膛。

狼牙山五壮士的壮举，八女投江的激昂。

神州大地上的中华儿女啊，是一座座坚不可摧的铁壁铜墙。

点燃心中的火炬，握紧手中的钢枪。

千军万马赶倭寇，乘胜追击越战越强。

杀得禽兽蛇蝎无处藏。

血战郭村，决战黄桥，火烧虹桥机场，

与日寇拼杀于江淮，鏖战于齐鲁，敌人见了阎王。

人民军队在硝烟中冲锋陷阵，在炮火中成长。

一九四五年，中国终于迎来了胜利的礼炮，迎来了崭新的曙光。

天地间冉冉上升的红旗，中国人挺起了脊梁，

刹那间变成了沸腾的海洋。

张开微微颤抖的嘴唇，一遍又一遍的高呼，

华夏峥嵘，华夏恢宏，华夏重新起航。

是什么在黄色皮肤的脸上缓缓流淌？

是激动的泪水？还是喜悦的甜浆？

人民军队战功赫赫，留名史册，先烈千古放光芒。

扭转乾坤成绝唱，巨龙腾飞瑞景祥。

而今，春风吹大地，万花沐朝阳。红色江山壮，前程更辉煌。

庆盛世

星火点亮上海滩，十三盏明灯破冰川。
转乾坤，谋大计，从此开启新纪元。
旭日曙光照前程，沐浴朝阳霞满天。
巨龙踏平崎岖路，雄狮翻过重重关。
启东亚，卷狂澜，万众一心史空前。
人民代表绘蓝图，祖国登上腾飞船。
跨世纪，闯险滩，风雨兼程几十年。
一带一路连四海，跨海彩桥道路宽。
穿银梭，织绸缎，五湖四海心相连。
世界共赴双赢路，人间同写繁荣篇。
绿岭金岸献玉帛，东方鲲鹏飞宇车。
中国梦谱写新谣，神州放飞和平鸽。
赫赫京华叠捷报，盛世伟业代代传。
昂首走进新时代，复兴民族降甘泉。
璀璨河山千树景，鸣凤又把双翼展。
万象彤彤九州秀，请看冰清玉洁满人间。
金龙盘玉柱，鸿雁翔蓝天，宏伟战略史无前。
笙歌传赤子，丹心育桑田，骏马奔腾向蓝天。
挥彩笔，舞轻烟，鸣玉笛，绣金匾，强国梦想今实现。

锦弦弹奏古今曲,雁栖湖畔歌凯旋,汉唐飞扬又重现。
红日熏绿水,金星泛碧波,高举旌旗,向前!向前!勇向前!

丰 碑

遥想当年,党旗飘飘神州旋。
先烈热血染疆土,高举钢枪捍家园,旌旗把那乾坤转。
击战鼓,敌胆寒,正义驱邪恶,王牌军队高扬帆。
战士热血换和平,勋章名史册,丰碑千古传。
常翻旧历不忘本,今朝牢记护国难。
警钟醒后辈,军号常在耳畔旋。
爱我中华心不变,初心永驻在心田。
锦绣宝塔增瑞气,祖国大地更璀璨。
今朝续写新时代,生活水平年年攀。
仰盛迹日日繁荣,昭昭日月捷音频传。
巍巍华夏复峥嵘,红色江山成壁垒,
光辉伟业代代传。
砥砺前行,开创未来。
回首当年,豺狼把我江山残。
烧杀抢掠无恶不作,暴力行凶罪戾滔天。
击醒睡狮睁开慧眼。巨龙不再沉默,雄鹰不再盘旋。
民族尊严不可辱,怎容强盗横行霸占中原。

炎黄子孙击战鼓，驱魔赶妖出重拳。

金镰玉锤指路，南湖红船把革命的烈火点燃。

中华儿女何惧贼子无理，炮轰爪牙营盘。

摧毁敌军阵地，砸碎三山铁链。

撕下倭寇假面具，扒光汉奸身上羊皮衫。

谁敢跟中华作对，叫他有去无还。

谁敢侵犯我国领土，必定尸骨不全。

烈士身躯垒铜墙，鲜血染旗帜，头颅换江山。

嘹亮凯歌响五湖，礼炮齐鸣万里传。

砥砺前行不忘本，牢记前辈护国难。

而今华夏美如画，人民生活比蜜甜。

忠心报国加油干，开启时代新纪元。

强军战歌威震四海，号角空鸣浩荡九川。

红旗招展飘向大地，耀眼灯塔照亮边关。

科学发展日新月异，文武兼备盛世空前。

戎装军威冠盖群雄，先进武器品类俱全。

插上翅膀梦想成真，神龙出世凤凰涅槃。

开创未来前程似锦，东方明珠绿水青山。

英才辈出群星璀璨，工匠精神力量无边。

人类文明唯我独秀，祥云瑞景撒满人间。

建设千秋伟业信心百倍，实现民族复兴决心满满。

今朝旭日普照大地，驾初心飙轮，

乘使命东风，唤出康庄锦绣山。

百年华诞

百年光阴，一首壮歌，巍峨巨轮，载满英雄豪杰。
想当年，民族涂炭，内忧外患起干戈。
日寇侵我大好山河，蒋家王朝求荣卖国。
中华儿女，不再沉默，金镰玉锤在烈火中拼搏。
救中国志如铁，岂容贼子当道，力挽狂澜。
泼洒一腔肝胆正义血，
拯救民族，策划宏伟战略。
奋勇抗战保家园，爬雪山，过冰河，
前赴后继，踏平坎坷，逐鹿中原，点燃焰火。
不惧日寇肆虐，书写炎黄的胆略。
工农红军，抛头颅，洒热血，换来一个新中国。
清风尘，扫污浊，唱响一支可泣歌。
扭转乾坤成绝唱，东方旭日曙光夺。
红旗漫卷东风，百年旗帜高扬，巍巍大厦鲜花叠。
党中央，施良策，脱贫致富，全国人民奔向小康生活。
打造青山绿水，祖国大地彩霞飞舞，万里江山风景独特。
红旗飘飘，永不褪色。

永不褪色的丰碑

我站在解放阁的丰碑前，遥想当年，仿佛听见，
无数个先烈在摇旗呐喊。
他们冲锋陷阵，用血肉之躯，为攻克济南历尽艰难。
他们肩担拯救祖国的使命，冒着枪林弹雨，
用生命铺平通往胜利的路，为了解放大业，把一颗红心
　　来奉献。
他们的呐喊声震山河，他们用正义去战胜邪恶，
在黑暗中呼唤着黎明，努力拼搏，挥刀举剑。
用玉锤开路，举金镰奋战，鲜血染红护城河，尸骨遍地
　　甚凄惨。
他们来自五湖四海，为寻求解放拥有共同的选择和企盼。
他们在疆场上洒一腔中华儿女的热血，
他们带着追求，带着信仰，在解放的道路上勇往直前。
他们头顶着酷暑，他们饱尝了严寒。
他们出生入死，忘记自我，为奠基祖国的大厦，
奉献了青春的光和热，把一腔热血化岚烟。
他们忠贞，只是耕耘，不记收获，
在硝烟弥漫的战场上，写下了生命中最辉煌的诗篇。
他们那一颗爱党爱国爱人民的赤子之心，
是一面锦旗，是一座巍峨的高山。

他们铮铮铁骨铸国运,郎朗乾坤换玉符,
身躯垒起钢铁塔,铜墙铁壁头颅筑,
功德无量留千古,玉册长卷写宏图。
这是一支昂扬奋进的歌,这是一套壮观的史书。
这是一幅靓丽典雅的画,这是一首激情燃烧的诗。
这是一段峥嵘岁月的记忆,这是一笔不可磨灭的财富。
今天,我们缅怀先烈,牢记先烈的丰功伟绩。
济南的发展见证着百年鸿篇。
当我们登上新起点的征途,
要把这段历史永久珍藏,铭刻在心,
让他们的光辉指引着我们永远向前!

散文

泉韵流芳

老济南的市民，都跟泉水有着深厚的感情。对于出生在护城河边上的我来说，泉水是我一生的依恋。母亲的乳汁，都是泉水的味道，泉水在我的血液里永远流淌。

在我的记忆里，护城河、南城墙根、趵突泉、大明湖……都是我童年的乐园。河岸边上那一层一层摞起来的石头，像水帘洞一样神奇。我聆听着泉水喷发出的美妙声音，挽起裤脚，蹚着浅水，像是走进了童话世界。那一个接一个大大小小冒着泡泡的水池子，在我家门口，日日夜夜不停地流着，流着……

盛夏的傍晚，护城河边上吹来阵阵清风，天气有了一点儿凉意。街上的王奶奶手里摇着蒲扇，坐在树下乘凉。这时，一帮毛孩子围在王奶奶身旁，听她讲护城河和泉水的神话传说。（在这条街上，王奶奶是出了名的文化人，大家都知道王奶奶肚子里的故事多着呢。）每当孩子们围过来的时候，王奶奶就像个说书人，把故事讲得绘声绘色，孩子们都听得入了迷。王奶奶说："在这遍布济南的泉池中，每一眼清泉都有着一段美丽的故事，每一个故事都有它独特的地方，千百年来，向世人展示着泉水美丽的风姿。你们瞧瞧这泉子里冒着的一颗一颗的小水珠，在阳光的照射下，像玛瑙一样璀璨，也像珍珠一样晶莹。济南的泉水清澈得像面镜子,柳树倒映在河中,起起伏伏,忽隐忽现,就像是神话里的仙境。"

我从小听着王奶奶的故事长大,天天跑到护城河边,寻找王奶奶故事里的"仙境"。看黑虎泉滚滚的波涛,看水中的金鱼游弋,看蜻蜓在河边戏水,看蝴蝶在花丛中飞来飞去,看小燕子在树枝上蹦蹦跳跳。王奶奶描述的这幅如画般的园林景观,在我幼小的心灵里深深地扎下了根。

清晨起来,我迎着朝阳,小脚丫踏进浅浅的泉水里,脚下激起层层浪花,感到特别清凉悠然。我吹着柳笛疯狂地在河边奔跑,岸边的垂柳摆动着窈窕的青丝,轻轻地抚摸着我的脸。我站在河床上,一幅美丽的图画展现在眼前:杨柳青青含翠枝,泉水婀娜荡碧波。古韵悠悠弹妙曲,涓涓细流汇明湖。下雪的时候,雪花落在河里,立即和泉水融为一体,这时河面上就会升起如梦如幻的雾气,怪不得九位仙女要到济南的护城河来沐浴,可见济南的泉水有多么大的魅力。

济南四季都有旖旎的风光。春天,千花百卉迎鸿雁;夏天,碧荷映丹霞,垂杨婆娑玉珠连;秋天,金菊绽放,舞姿翩翩入画栏;冬天,素雅端庄,无尽琼花飞满天。济南那天造地设的自然山水奇观,是寄托心灵的港湾。在这道绿色走廊里,到处都挥洒着文人雅士的墨香。李清照的《如梦令·常记溪亭日暮》千古流芳,赵孟頫的"泺水发源天下无,平地涌出白玉壶"历代传唱。古往今来,谱写济南的经典之作数不胜数。翻开济南历史的长卷,那一篇篇一首首一幅幅诗词字画都闪烁着金灿灿的光芒。济南的山山水水都埋藏着无穷的宝藏。济南是大舜文化的发祥地，舜井锁蛟龙的故事由来已久。大舜文化是济南的一座丰碑，也是济南的骄傲。济南受孔孟思想的影响，忠孝礼义的观念就像这潺潺泉水一样源远流长。泉水滋养了济南人热情谦和的心态，孕育了济南人好客的情怀。人们在这块风水宝地上生存，灵魂得到了升华，精神得到了洗礼。如果在护城河边散步，那一景一物映入眼帘，就好像水在城中转，人在画中游。人们可以在这里抒发心境，也可以在这里陶冶情操。护城河是济南"闹中取静"的一部分，既有古城的气息，也有现代的优雅，像一颗闪闪发光的明珠，把泉城装扮成一处逶迤纵横的仙境。那连绵不断的泉水，荡漾着银丝般的涟漪，在微风中缥缈摇曳。

济南的泉水既有观赏的价值，也可饮用，用泉水沏茶是济南人独有的享受。济南人有句口头禅"宁可锅里没肉，不可碗里没茶"。在济南，以茶待客，以茶会友，尤其对于邻里和睦，"茶"起到了很大的作用。在济南老街老巷居住的市民有种习俗，如果邻里之间闹点小纠纷小别扭，街坊邻居会沏上一壶茶，把两人叫在一起，拉拉呱儿，说和说和，问题就解决了。用泉水煮饭香气四溢，用泉水做的糖醋鲤鱼是济南的一道名菜，色香味俱全，是上等的美味佳肴。在护城河南岸，有个豆芽泉，用泉水生出来的豆芽，白白胖胖的，吃起来香脆可口。在《中国名菜谱》中，有一道名菜——油泼豆芽，就是济南名厨提供的。济南泉水是文化的瑰宝，是历史的见证者，是生命的源泉，是经久不衰的精神财富。泉水也培育了济南人好客的胸怀，让琼池甘露连接四海，把满城玉液传向五湖。

泉水陪我一路走来，我踏着优美的旋律走进新时代。近几年来，在政府和全市人民的努力下，把济南这处风光绮丽的大花园装扮得更加绚丽，古老的泉城焕发出新的生机。随着市容市貌的不断提升，护城河这道精致的园林市景，已是千堆浪花映蓝天，万道霞光隐清流。护城河永远保持着清幽纯净的风貌。为了宣传爱泉、保泉、护泉的重大意义，我加入了老济南记忆馆的团队，成为一名志愿讲解员。我们团队的每位志愿者，都以热情饱满的精神面貌接待八方来客。我们给孩子们讲爱泉保泉的深远寓意，提高他们珍爱泉水的意识；我们给中外游客讲泉水的历史、文化起源和经典传说；我们给学生讲泉水为人类造福的价值。我们把泉水古老的故事传给下一代，把济南叠花堆翠的独秀风貌传向四面八方，让全世界的友人了解济南，热爱济南。这是我们全体志愿者共同的心愿。

近年来，我们的付出和努力得到了政府领导的高度评价。2018年，我们"爱涌泉城"志愿服务团队，受到了13个部门的认可和表彰，在2019年被评选为志愿服务先进集体。当我们拿到盖有9枚大红印章的荣誉证书时，大家激动得热泪盈眶。这既是我们全体志愿者的荣誉，也是属于济南泉水的荣誉。我们感到无比骄傲和自豪。在政府和各级领导的鼓励下，老济南记忆馆的全体志愿者，立场坚定，在讲好济南泉水故事，传承泉水文化中发挥应有的作用，为建设美丽泉城锦上添花。

曲水弯弯

一条弯弯的小河，覆盖了济南的大半个城池。清清的泉水围着街巷，围着青砖灰瓦，围着古宅古院不断地流淌着，流进百花洲，流进大明湖。泉水养育了一代又一代的济南人，养育了荷田，也养育了垂杨。特别值得一提的是，泉水养育了济南人的品德。济南敞开博大的胸怀，迎接八方来客。

我们继承优秀的传统文化，不仅要从形式上继承，更要继承其血脉精神。民族精神是前贤历经几千年积累的财富，我们继承祖先的文化基因，就是为了让子孙万代，踏着龙的图腾成长得更加高大！

祭 品

提起祭品，人们总会想起那些逝去的先人。清明节快要到了，我忽然想起小时候的一段往事。小时候的我，最盼望的就是跟着奶奶去上坟，因为跟奶奶去上坟能一饱口福。爷爷去世得早，每逢大节小节，奶奶从来没落下过祭奠。在上坟的前一天，奶奶就开始琢磨准备上坟的祭品。她把手伸进瓮里，舀一小碗白面放在案板上，自言自语地说："这点就够了，明天去的时候再做，做早了就凉了。"

第二天，奶奶会用这些面做点面叶或擀点面条。如果碰上年岁好的时候，奶奶也会包上几个包子，或者到集上买几块小点心，然后再买上几刀火纸，这上坟的东西就算是准备全了。每当我看到奶奶准备这些好吃的（当时我可不懂奶奶是啥心情），心里甭提有多高兴了。上坟的这天，奶奶把平时舍不得买舍不得吃的好东西，整整齐齐地放在竹篮子里。奶奶拤上篮子在前边走，我蹦蹦跳跳地跟在奶奶身后，往爷爷的坟头跑去。走到爷爷的坟前，奶奶先是把祭品摆好，然后烧纸、磕头，嘴里还说些我似懂非懂的话。奶奶把这些事做完以后，就叫我把祭品吃了。我吃着这些平时吃不到的美食，心里充满无限的快乐，感到十分满足。

现在，随着生活条件变好，祭品也越来越丰富。每到清明节，墓地的供桌上应有尽有：鸡鸭鱼肉、瓜果梨桃、好酒好烟以及各式各样的中西式点心……人们祭奠完了，就把祭品丢在了供桌上。不丢在那里又能怎么办呢？谁还会吃这些祭品呢？

老街情怀

济南的老街巷，都有着自己的历史。最让我怀念的，是那条名叫"东燕窝街"的古老的小街。这条街紧挨着城墙脚下,是济南当时有名的繁华闹市。东燕窝街坐落在护城河与古城墙的夹缝中间,虽然不算太长,住户也不多,但是因为距离泉水很近,一代又一代的济南人在这里繁衍生息。它是民族传统文化长廊的一角,也是济南城市文化的源头。东燕窝街西口的南门桥是城乡接合处的枢纽。这条老街南邻黑虎泉,北邻珍珠泉,西邻趵突泉,如果你站在街口,会感觉十分惬意。老街既体现着济南自然风貌的特色,又承载着文化与历史的内涵。泉水既滋养了济南的文化,也浇灌了济南人善良的品格,是城市从孕育到生长全过程的历史见证者。老街不但记录着城市山河地理等自然元素的历史变迁,也反映着城市功能变化的轨迹。可以说,老街巷是反映一座城市社会历史的活化石。这条老街早已在人们的视线里消失,但是,我还是忘不了关于它的记忆,它就像是一坛陈年老酒,散发着浓浓的香气。为了留下这份印记,为了纪念我对这座城市的热爱,我把老街收藏在我的笔下,讲讲这古老街巷的故事,让人们了解老街的过去,回味古香古韵的情怀。

燕 子

"小燕子,穿花衣,年年春天来这里。我问燕子你为啥来?燕子说:'这里的春天最美丽。'"这是我小时候最爱唱的一首儿歌。我不但喜欢唱这首儿歌,我更喜欢可爱的小燕子。我喜欢它小巧玲珑的身姿,我喜欢它剪刀一样的尾巴,我也喜欢它白白的肚皮,我更喜欢它又黑又亮的羽毛。

我小时候总是眨巴着眼睛,望着家里房梁上的燕窝和燕子问妈妈:"这是啥东西?咋住在咱们家里呀?上面的小窝是谁给它们弄的?"妈妈笑着说:"你先去一边玩会儿,等我有空了再对你说。"我心里记着妈妈说的话,就一直等啊,等啊……

月亮爬上树梢,皎洁的月光照亮了护城河两岸的石板路。人们吃过晚饭,手里拎着马扎陆陆续续地走出家门,有的坐在河边的柳树下乘凉,有的坐在街道两边喝茶,有的来到城墙脚下三个一伙五个一帮天南地北地聊天,一天的疲劳在这一霎得到了解脱。街上那些贪玩的小孩子成帮成群地推着铁环,撒了欢地到处乱跑。小妮子唱着童谣《马兰花》,跳着皮筋,像一群翩翩起舞的蝴蝶。还有一些玩捉迷藏的孩子在犄角旮旯里寻找隐身之处。这条街上到处充满了欢笑声。

这时,妈妈提着两个小凳子从屋里走出来,我连忙跑过去,和妈妈一起坐在树下,聚精会神地听妈妈讲小燕子的故事。我望着妈妈慈祥的面容,一种幸福的感觉涌上心头。妈妈面带微笑对我说:"住在咱们家的鸟叫燕子。你别看它们长得小,可是它们的本事大着哪,它们是捉害虫的能手。你看护城河边上的这些绿柳和鲜花生长得这么好,也有燕子的一份功劳。燕子不但勤劳能干,对生存环境的要求也很讲究。它们年年到咱们这里来，就是因为这里有甜甜的泉水和优美的环境。燕子在这里住得舒心，所以才喜欢到这里来住。这条街上的人们都愿意叫燕子到这里来，因为燕子住在谁家，就会给谁家带来福气，要不咱们这条街怎么叫燕窝街呢。"

  从那时起，我就把燕子当成了好朋友。每天早上起床后，会首先瞧瞧小燕子是不是还在窝里睡觉，可是小燕子比我起得早多了。天刚蒙蒙亮，外面就有了小燕子忙碌的身影。它们在翠柳枝间来回穿梭，它们在泉边东瞧瞧西望望，它们在屋脊上看蓝天白云，它们尽情地享受着大自然秀美的风光。有一天，我突然发现燕窝里多了几只小小燕子。妈妈把一个早已准备好的笸箩挂在屋梁燕窝的下面，对我说："挂上它，一是防止燕子宝宝不小心掉下来摔伤，二是防止燕子屎弄脏屋子。"妈妈想得真周到，怪不得燕子愿意到我们家来住啊！燕子宝宝刚出生时，光秃秃的像丑小鸭，但我却觉得特别可爱。燕子宝宝常常张着嘴把头探在窝的边上，不一会儿，大燕子就衔着虫子送进燕子宝宝的嘴里，然后又匆匆地飞了出去。一天到晚，大燕子来来回回地不知要飞多少趟。这段时间，是大燕子最辛苦的日子。

  有一天，外面电闪雷鸣，下着瓢泼大雨，大燕子站在屋檐下的晾衣绳上，焦急地跳来跳去，几次想出去，都被大雨挡了回来。妈妈说："妮儿，把你爸爸养的面包虫拿过来，放到笸箩上，喂喂这些小家伙，别把它们饿坏了呀。"经过我们和燕子妈妈的精心照料，燕子宝宝很快就长大了。没过几天，燕子妈妈就把燕子宝宝带出了家门。它们在空中盘旋，在鲜花丛中叽叽喳喳地唱歌，在冒着珍珠泡泡的泉边戏水，在绿荫下听泉水的叮咚声。它们亲吻着芳香四溢的泉水。孩子们不停地向小燕子招手，垂杨柳摆动着窈窕的绿丝绦向燕子点头。整条护城河，天上地下都有燕子和孩子们的身影。

时光迈着急匆匆的脚步走进了秋天，西北风像牧羊人手中的皮鞭，把树叶抽得纷纷落地。秋天是黄、红、白三种颜色夹着凉意的季节，碧玉般的群山像将要出嫁的新娘般盖上了红盖头。这个稻谷归仓、瓜果飘香的丰收时刻，掺杂着燕子即将离别的忧伤。长空万里，彩云间传来声声清啼，我望着燕子远去的背影，目送它们飞向远方。

我看着空荡荡的燕窝，感到有些寂寞，独自跑到黑虎泉边，让那滔滔不绝的浪花填补我孤独的心。冬天的护城河，岚烟缭绕，碧水清波。护城河像是一条玉带缠绕在古城的腰间，把古老泉城紧紧地搂在怀里。古往今来，泉水养育着一代又一代的燕子和济南人。我在泉水的荡漾中盼望燕子的归来。有一天，妈妈把屋梁上的笸箩摘下来，拿到河边冲洗干净，又把燕窝四周的卫生打扫了一遍，然后把笸箩挂了上去。妈妈像是布置新房一样精心，为的就是让燕子有一个舒心的家。

春风吹绿了大地，太阳公公扬起温暖的笑脸，露珠挂在草叶上，发出晶莹剔透的光芒。天空中飘着片片彩云，一阵惠风推开了春天的大门。俗话说"七九河开，八九燕来"，花香引得蝴蝶乱，鸟鸣莺啼传佳音，我们的小燕子迎着春风回来了。

小燕子轻轻地亲吻着护城河边的柳丝,仿佛在对着湖光山色说:"尝过南州珍馐餐,不如济南泉水甜。赏尽苏杭西湖景,怎比明湖趵突泉。"是啊!燕子说得没错,泉城处处珍珠撒,柳翠杨花进万家,这是上方神仙选的一块风水宝地,是一处郁郁葱葱的优美的乐园。人和燕子哪有不喜欢的道理啊!

1959年,东燕窝这条老街被拆了,看到我们和燕子同住的老屋瞬间倒塌,我伤心得眼泪都掉了下来。东燕窝街有我童年最美好的记忆,它承载着我儿时最纯真的迷恋。我们怀着依依不舍的心情,离开了居住了几代人的家,迁到了榜棚街。榜棚街是明清两代山东张贴乡土荣榜的一条老街,这里见证了莘莘学子金榜题名的喜悦,也记录了十年寒窗的学子返乡时的泪水。这里的居民生活安逸质朴,家家户户的大门都是敞开或者虚掩着,从来不上锁。我踏着石板路,找寻燕子的踪迹。当妈妈又把那个笸箩挂到大门洞上时,我高兴得又蹦又跳。果然,可爱的小燕子又到这里筑巢了。是呀!燕子离不开我们,我们也离不开燕子。我大声地对燕子说:"不管我们搬到哪里,我们家永远都是你们的家,我们对你们的爱永远都不会变。不管你们飞得有多高,也不管你们飞得有多远,都不要忘记滋养过你们的这片土地。你们是喝着泉水成长的,告诉你们的后代,这里是你们的故乡,这里是你们的摇篮,是你们永久的家!"

抹不去的画卷

　　回忆能勾勒出一段美好的时光，像一幅画，又像一道风景。我的这幅画卷从童年开始就收藏在我的心里了。直到风烛残年，也无法从我的记忆中抹去。我在茶余饭后，或者闲来无事的时候，就把它从心的最深处掏出来，摆在眼前，当一件艺术品欣赏一下。这幅小小的画卷，虽然在我的心里埋藏了几十年，但是，每次翻出来，仍然是光彩靓丽、耀眼夺目。说起这幅画卷的来历，还得从我10岁那年说起。

　　1960年初冬的一天，外面飘着零零散散的小雪花。刚吃过晚饭，爸爸对我说："秀秀，你不是总嚷嚷着去找伢子玩吗？赶紧地，我带你去田叔叔家。"我一听高兴得跳了起来。伢子他爹是我爸爸的一个老朋友，说是老朋友，其实是多年的老街坊。因为拆迁的原因，我们分在了两处。虽然还在一座城市，但是比起以前住在一条街上，还是远了许多。我们两家在一条街上住了多年，爸妈和他们家的关系一直不错，我和他家的孩子也是从小一起长大的玩伴。我这个大大咧咧的小女孩，总是跟在伢子他们这群小男孩的屁股后面玩耍。那时候虽然家境贫寒，可是，河里的小鱼小虾，湖里的荷花，岸边的垂杨，小桥下潺潺流水，都是我们这群孩子喜欢的玩具。我和他们下河摸鱼的时候，或者是爬到柳树上折柳枝（做柳笛）的时候，伢子就像是保护我的小勇士，时刻提醒着我要小心。正在我想入非非的时候，妈妈把走亲戚时穿的衣服找出来让我穿上，我穿上后立刻爬上爸爸的自行车，顶着小雪花拐了几个小弯，就到了田叔叔的家里。我和爸爸刚一进门，叔叔婶子就热情地接待了我们。他家现在的房子是两小间，院子里搭了棚子当做饭的屋，外间除了饭桌，还有一张木板床，里间屋堆放着一些杂物和一张用砖头垒起的小木板床。我正在屋里东瞅瞅西看看，婶子把刷好的茶壶茶碗摆上了桌。爸爸和叔叔边喝茶边拉呱儿。叔叔说："我这还有瓶好酒，等会儿叫伢子娘把从老家捎来的花生米炸一炸，你尝尝老家的花生米。这瓶好酒我放了一年了，今天咱老哥俩儿把它喝了。"爸爸一再表明是吃过晚饭过来的，可是拗不过田叔叔的诚意，也只能客随主便了。那天晚上，爸爸和叔叔有说有笑，两人的话就像是开闸的洪水，滔滔不绝。我和伢子一会儿在院子里扇洋画，一会儿跑到街上捉迷藏。直到我们俩跑累了，才回到屋里。婶子说："你俩困了吧？先到里间屋睡一会儿，他们老哥俩儿喝完还早呐。"我爬上里间屋的小床，伢子抱过来一件草绿色的军大衣盖在了我身上，不知不觉地我就睡着了。也不知睡了多久，爸爸把我从睡梦中叫醒。我迷迷糊糊地坐起来，只觉得今天这个又香又暖和的觉还没睡够，就被爸爸拉下床来。我揉揉眼睛，真的不愿离开这间小屋。婶子说："苏大哥，要不叫秀秀在这里住一宿吧，明天我把她送回去。"爸爸说："这哪行啊，明天一大早都要上班，秀秀还得去上学哪。"济南初冬的夜晚，一片银白，带点寒意的微风吹打在我和爸爸的身上，不冷也不热。一路上我总是回想着盖在我身上的那件绿色军大衣。在以后的日子里，我遇到过很多开心的事,也盖过各种各样的被子,但是,都无法代替这件尘封的往事。当我走进晚霞的时候,用笔尖描述这段幸福的回忆,是一种欣慰,也是一种甜蜜的重复。这曲争鸣美丽的旋律,永远回响在夕阳的彩霞里。

我和我父亲的故事

  我的父亲1922年出生在济南市华山脚下,那时,家里虽然不是富贵人家,可是父亲在爷爷奶奶的呵护下,仍然过着无忧无虑的生活。父亲到了七八岁时,爷爷奶奶用省吃俭用存下来的钱把他送到私塾去读书。就在爷爷奶奶希望父亲学有所成的时候,一场突如其来的战争,打破了父亲的平静生活。父亲和全县的热血青年,一起加入到抗日的队伍里,登上开往东北的火车。父亲在东北抗日期间,流了多少血,吃了多少苦,难以想见。一直到了1945年日本投降后,父亲在嘹亮的凯歌声中回到了久别的故乡。1950年,父亲在济南市当上了一名工厂领导,带领全厂职工为建设新中国兢兢业业地工作。

  1950年,我出生在济南市历下区东燕窝街,我是在新中国的旗帜下成长的孩子,校园里一直回荡着《我们是共产主义接班人》的歌声。1966年,我响应党的号召,背起背包,戴上大红花,踏着父亲的足迹,登上火车支援祖国的边疆建设。当年,我的父亲是为了保卫国家领土北上与敌人战斗;而今,我是为了建设边疆北上奋斗。父亲参加革命的那年是16岁，我支边的那年也是16岁。我扎根在父亲曾经战斗过的祖国边疆，开荒种地，和当地百姓同吃同住同劳动。我们经过十几年的努力，把荒山野岭变成米粮川，在肥沃的土地上结出丰硕的果实。我于1981年返回济南，在党和政府的安排下，当上了一名普通的工人。2012年9月，在中秋和国庆双节来临之际，全国的知青欢聚在波罗峪知青村举行文艺联欢活动，每人都获得了一枚胸章。这枚小小的胸章，虽然不是金银铸造，我却把它当作无价之宝。这是我们这一代人的记忆，展现着我们这一代人的精神面貌，看到它，就看到了那个火红年代。我为父亲那一代人骄傲，为我们这一代知青人骄傲。

永不凋谢的玫瑰

2012年5月13日星期日，我收到一位陌生年轻小伙子送来的一朵玫瑰花。这个年轻人把花递到我手里后，接着说了一句"母亲节快乐"，我立刻被这位年轻人的举动感动了。

事情还得从头说起。这天我在济南一个文化市场签名售书，一个年轻小伙子走了过来，他拿起书看了看说："这本书写得真不错，你和我的母亲是同姓，今天是母亲节，我正想买件礼物送给母亲哪。"小伙子说着，看了看书的标价是26.8元。小伙子对我说："我给你30元，零头就别找了。"

我说:"就收你20元吧。"小伙子仍然坚持着他的原则,扔下30元钱就匆匆离去了。不一会儿,小伙子拿着一朵玫瑰花又回来了,接下来就发生了先前的一幕。小伙子没留下他的姓名,没留下他的地址。但是,他的笑容,他的那份爱心,他那高大的背影却留在了我的心中。我收到的亲朋好友和儿女送来的礼物不计其数,但我感觉都没有这朵玫瑰花珍贵,因为它是一个陌生人对另一个陌生人的爱。回到家,我把这朵玫瑰花插在瓶子里,等它干枯了,我要把它夹在我的本子里,收藏在我的心中,让它永远在我的心中开放着。它是一朵永不凋谢的玫瑰花。

一碗茶一生情

茶之韵
人间有珍品,饮茶似仙君。
玉斛清幽绿,银杯荡乾坤。

我出生在二十世纪五十年代,在那个物资贫乏,连填饱肚子都是难题的时期,茶乃平民百姓的奢侈品,不过我却是个例外。因为我家邻居——金水婶子家就是开茶馆的。说是茶馆,其实就是金水婶子在自家门前搭了个简易棚子,棚子下面摆上了几张桌子和几个马扎。就算是个室外的茶馆吧。

我们两家居住在南门桥北口路东,在二十世纪五六十年代,南门桥是主要的交通干道,一天到晚出城进城的人络绎不绝。所以南门桥头的这处茶馆是来往的行人歇脚喝茶的便利场所。

在我刚刚记事的时候,就觉得金水婶子家的茶馆特别好玩。灶台上摆放着一排洋铁壶,咕嘟咕嘟冒着热气,特别是在冬天,水蒸气弥漫在护城河边,就像仙境一样,有时还发出开水溢出的滋滋的声音。灶台旁边的条桌上,摆放着各式各样沏茶的瓷壶。瓷壶的形状各异,有口小肚大的圆瓷壶,有长方形瓷壶,有正方形瓷壶。瓷壶的颜色也各不相同,有青花瓷壶,有白玉瓷壶,有紫砂壶,等等。

金水婶子说:"因为壶里放的茶叶不一样,这样好区分,茶水也不会串味。"

金水婶子把开水倒在不同的瓷壶里,然后把瓷壶放进一个棉囤子里。这是一个用稻草或高粱叶编织的能装瓷壶的篓子,上面还有个编织盖子,外面包着好看的纯棉花布,看上去非常精美。在那个年代,人们喝茶都用这种物件保温,透气性特别好,茶叶不会变色。

喝茶用的器具是统一的大黑碗,茶水倒进黑得发亮的碗里,立刻散发出扑鼻的香气,这就是"大碗茶"的真实场景。

在我七八岁的时候,经常帮着金水婶子到黑虎泉里提水。

金水婶子说:"用咱济南的泉水泡出来的茶,清香爽口,是咱济南独有的风味。"金水婶子也经常倒上一碗让我尝尝。我喝一口茉莉花茶,感觉香香的味道里带着一点儿苦味,回味无穷。所以我从小就养成了喝茶的习惯。

长大后,我把喝茶当成了生活中不可缺少的一部分。每逢节假日,我邀来几个知己好友,一同围坐在香台前(济南人把院子里的石桌叫香台),沏上一壶茶,清香立刻飘满小院。我们细品茶的幽香,谈天说地,讲古论今,抒发心中的情怀。茶是交友待客的上等佳品。

当我劳累了一天,茶就是解乏的最佳选择。茶能洗净我心中的浮尘,让我在纷纷攘攘的闹市里安静下来,享受着悠然风雅的时光。

盛夏的傍晚,一缕清风驱赶着炎热,小院里微风袭袭,洁白如玉的茶杯里落进一轮明月,碧绿的水泡着满杯星辰,荡漾着人生的感悟。第一杯茶的苦涩,渗透着人生魂与智的哲理;第二杯的香,洋溢着美好人生的儒雅;第三杯的淡,解读着人生的释怀。

如今,我迈进了古稀之年,喝过的茶不计其数。我喝尽了生活的苦、涩、鲜、香、甜,喝尽了人间的真善美。人们常说,品茶就是品味人生。这话是真理,因为喝茶能喝出很多道理来,喝茶也能让人懂得很多礼仪。我国是礼仪之邦,在饮茶的过程中都能得到体会。

品茶抒情,人世间有多少情义诞生在茶水中。喝茶知心,在茶桌上是心与心的交流,情与情的碰撞。喝茶知敬,尊敬长者，尊敬老师，尊敬朋友，尊敬所有的生灵，是人生的美德。喝茶能知孝，给父母长辈奉上一杯茶，能体现你的一片孝心。喝茶知乐，喝茶能愉悦心情，通体舒畅。喝茶知静，斟上一杯茶能让你的心安静下来，远离世俗的打扰。喝茶知雅，无论是吟诗作画，还是弹琴拨弦，都离不开茶的陪伴。饮茶知诚信，诚信交友，诚信做事，诚信经商，在茶桌上都能得到体现。喝茶养生，茶能够醒目、提神、排毒。喝茶可俗可雅，俗到粗茶淡饭，走进平民百姓的家家户户，雅到文人雅士的书房。无论是普通百姓，还是上层名流，都离不开茶的相伴。总之，茶在人们的生活中，扮演着重要的角色。茶不但有丰富的文化内涵，千百年来，也孕育着独具特色的民族精神。神农尝百草，发现茶能解毒，《本草纲目》也将茶列入养生的行列，我国唐朝"茶圣"陆羽著有《茶经》，让茶文化闻名于世，千古流芳。

　　静下心来，推开岁月的门，沏上一壶流年的茶，品一品流光里的美妙乐章。在有声有色的岁月里，吟一首繁花似锦的浅唱；在平凡的岁月里，给人生涂上绚丽的芬芳。只有品尝过人生百味，才能体会到青山脉脉茶园绿和大地茫茫茶水香。

　　如今的茶，不但品种繁多，而且口味数不胜数，但是我最爱喝的还是小时候金水婶子家的大碗茶。

　　回忆往昔，我经常想起金水婶子脸上的笑容，热情招待客人的态度和彬彬有礼的言谈举止。金水婶子那尊老爱幼的品德，那份情，那份爱，让我终生难忘。

一虎池与缪家泉的传说

济南的一虎池位于五莲泉的西侧,属于黑虎泉泉群。清末民初,这里是缪润绂的私家宅院,济南人称之为缪家花园。而一虎池则是缪润绂的"家泉",老百姓称为缪家泉。此泉为啥有两个名字呢?听我慢慢道来。

其一,大家都知道济南的泉水都是从地底下冒出来的,唯独一虎池的泉水不是,而是从石壁雕刻的虎头里流出。据说,在古代,有一位南方姓刘的商人,来到济南做买卖,喜欢上了济南这块风水宝地。所以,他就在护城河南岸买下了这块土地。房屋宅院建好之后,他想在院墙的石壁上刻个兽头镇宅。兽头刻好之后,突然从兽头的口、鼻、眼、耳里哗哗地流出了清澈甘甜的泉水,泉水不久便注满了护城河边的池子。商人喜出望外,因看着兽头像个虎头,他就起了个"一虎池"的美称。

其二,在济南的泉池中,以私家宅院命名的泉池很少,那么,为什么要以缪润绂的私家宅院命名此泉呢?故事就从缪润绂此人讲起吧。缪润绂,原名裕绂,沈阳人,满族,汉军正白旗,出身于书香世家。光绪元年(1875年)考中举人,光绪十八年(1892年)考中进士,授翰林院编修,曾任户部主事。后来,缪润绂被分配到山东任职,曾在山东临清直隶州候补知府。1904年，为阳信县县令。他从政期间，政绩显著。在齐河，他招收女工，就地取材，开办草帽编织场，又在县城的滞洼地种植莲藕，为当地百姓创收。缪润绂真正做到了为官一任，造福一方。1904年，清政府实行"新政"，废私塾，兴学堂，缪润绂踊跃参加，大力支持，想尽一切办法筹集钱款开办公学堂。他把收缴的钱款存入钱庄，作为办学的专款使用。缪润绂还自己捐款，购置图书3200余册，在各乡创建公学堂共9所。其中，阳信官学逐步演变成为两所名校：阳信第一高级中学和博兴师范中学。当年缪润绂为学校亲笔题写的信阳官学匾额保留至今。缪润绂在山东留下了许多勤政爱民的佳话，其中一部分已经收录在阳信县的县志里。他在为官的道路上尽忠职守，抑强扶弱，当地百姓亲切地称他为"缪官"。

缪润绂不但为官清廉，还是一位书法家和诗人。在大明湖景区铁公祠内，有他在1901年书写的石刻作品。他的诗文清新流畅，意境开阔。其中1905年的《去阳信留别二首》感人至深："骊歌一唱万人惊，薄宦真如敝屣轻。为政那容追子产，化民终觉愧阳城。小鲜奏绩曾何补，广厦储才幸有成。期月恋恋棠爱少，扪心毕竟负苍生。""话到时艰有泪垂，风尘骯脏一官卑。不工献媚安才拙，枉冀国强奈局危。国病日深当蓄艾，臣衷孰谅总倾葵。攀辕父老休怅触，负耒横经幸勉为。"诗中有为官清廉、颇多善政的自许，也有岁月匆匆、宏图未展的遗憾；有对国家时局的担忧，也有对官场黑暗的鄙视，更有热土难离、依依不舍的惆怅，正所谓百感交集，体现了诗人的真情实感。缪润绂退隐官场后,正赶上刘姓商人想落叶归根回南方,因而出售此宅,他就把这处优美的宅院买了下来。当年,缪润绂在园内修建景观十二处。至此,一座无限优雅静美的私家园林,赫然展现在世人面前。

另外,此处还有一个典雅而美丽的名字——中清泉。缪润绂有诗专咏此泉:"珠泉声泻四时秋,院小尘无半点留。散吏傲人惟一乐,闭门终日对清流。"此泉之美,尽在其中。这位关东才子,把一生的精力奉献给了齐鲁大地,无论是做官,还是写字、作诗,都和山东结下了不解之缘。他的丰功伟绩,在美丽的泉城,永远熠熠生辉。

百货大楼,岁月悠悠记往昔

说起济南泉城路上的百货大楼,凡是老济南人没有不知道的。在二十世纪五十年代,它可是轰动一时的建筑物,也是当时济南市最大的综合购物中心。

百货大楼,最初是济南百货公司第二零售商店,1958年改为院西大街百货商店(泉城路是由院东、院西大街合并而成,当时该店地处院西大街),1966年命名为济南百货大楼。当时人们都以到百货大楼购物为荣。

每逢节假日,百货大楼更是人流如织。清晨,百货大楼还不到上班的时候,门前就站满了前来购物的人。大门一开,人们蜂拥而入，匆匆跑到自己喜欢的商品柜台前。一楼是日用百货，文具、玩具、糖果、点心等商铺是孩子们最喜欢的场所。二楼经营绸缎花布、灯芯绒、平面绒、礼服呢、人字呢等，大多数都是家庭主妇经常选择的商品。三楼经营服装、鞋帽和床上用品，还设有钟表和眼镜专柜，那是靓女阔少们喜欢光顾的地方。四楼经营的是各种体育用品和乐器，是体育爱好者和文艺爱好者的首选。另外还设有一处"友谊商店"，主要经营外贸产品，卖的是一些进口烟、酒、手表、打火机之类的高档商品。这些商品得用外汇券才能购买，其他人只能开开眼界。总之，百货大楼能满足所有人的需求。

当年，在商场里购物，有一种特殊的结算方式。商场的半空中错落有序地拉着钢丝。售货员把顾客的钱、票和开好的单据收下，用铁夹子夹住，然后用手一推，铁夹子像飞一样，就划到结账人员的橱窗前。结完账后，结账人员再把剩余的钱、票和结完账的单据再推回来。这时候，顾客接过售货员递过来的商品、钱和票，高高兴兴地走出大楼的门。

二十世纪五六十年代，我家住在榜棚街，从榜棚街北口往东一拐就是百货大楼。百货大楼不仅是大人们购物的场所，也是我童年时期娱乐的地方。那明亮的玻璃橱窗里，闪烁着五彩缤纷的霓虹灯，摆放着琳琅满目的商品。特别是各种各样的电动玩具，吸引着我的好奇心，有会敲鼓的洋娃娃，有围着造型精美的青山绿树转动的小汽车，有翻跟头的小猴子等等。

我经常从一楼爬到四楼，然后顺着楼梯扶手滑下来。那紫红色的木质楼梯扶手，像冰一样光滑。从楼梯上下来后，再跑到卖玩具的柜台前一饱眼福。在我童年时期的乐园里，百货大楼门前的空地是最好的，因为那里特别宽敞。在那个年月，门前没有汽车、摩托车、电瓶车，自行车也很少，偶尔有人骑着自行车前来购物，人们都会投去羡慕的眼光。他们会把自行车存放在大楼东边的胡同里，然后走进大楼选择称心如意的商品。

吃过晚饭，我和附近的小朋友在那里捉迷藏、跳绳、踢毽子、扇洋画、弹溜溜球、丢手绢、玩老鹰抓小鸡、跳房子、编花篮、丢沙包，这都是我们这些小女孩经常玩的游戏。男孩玩的是打尜、推铁环、扛拐。我们在那里玩到很晚才回家。

这里也是我中年时赖以生存的场所。二十世纪七八十年代，改革的浪潮席卷全国，有些单位面临重组合并的情况，大批职工被迫下岗。像我这样没有一技之长的人员只能自谋生路。但是，党和政府并没有抛弃我们，当时在街道领导的安排下，我在百货大楼门前设了个卖冰糕的摊位。百货大楼门前，可是做生意的黄金地带，下岗后的我也算是过上了衣食无忧的生活。

直到2001年泉城路开始拓宽，老商户和附近的居民开始搬迁，我在那里工作和居住了50多年的生涯从此结束。2007年10月10日，百货大楼开始拆除，这座存在了52年的商业大楼，在这一刻结束了它的历史使命。老济南人会永远记着它，因为它曾经承载着济南的发展和繁荣。百货大楼虽然离开了我们的视线，但在老济南人的心里，留下了深刻的记忆。

高高坟的传说

过去有一户贫寒人家,家里唯一值钱的就是一头老黄牛。家里男丁的名字叫草篓子,听老人说,草篓子他妈到坡里割草时,把他生在了草地上,是用草篓子把他背回来的,故而起名草篓子。草篓子媳妇叫啥姓啥,没有人知道,庄上人都喊她"篓子家的"。草篓子家虽然很穷,但是,夫妇两人互敬互爱。草篓子每天耕自己家的三分薄田,妻子割草喂牛做家务,小日子过得其乐融融。但令草篓子不如意的是,妻子光生闺女就是不生儿子。十多年过去了,妻子一连生了十个闺女,这可愁坏了草篓子。在过去,如果娘家没有陪嫁,闺女嫁过去,婆家就会瞧不起自己的闺女。再者说,闺女都出嫁了,老两口孤苦伶仃的,也没个依靠。老两口想来想去,唯一的办法就是招个上门女婿。十个闺女长大后,也看透了父母的心思她们在商量后决定,只有一个姐妹招来上门女婿后,其他的姐妹才能出嫁。几年下来,没有人愿意来当这个一无所有的家的上门女婿。所以,十姐妹都没有出嫁,一直守护在父母的身边。

老夫妇俩看着十个孝顺的闺女都不出嫁,既高兴又担忧,他们在这种喜忧参半的心情下慢慢变老。在一个风雨交加的夜晚,年近耄耋的两位老人同时停止了呼吸。十姐妹看着父母没有闭合的眼睛,流下伤心的泪水。父母去世后,十姐妹没有惊动乡亲们,她们害怕无力偿还乡亲们的情分。十姐妹在自己家的三亩薄田里打墓,然后把父母瘦骨嶙峋的尸体用草席裹起来,用自家的老黄牛拉车,把父母埋葬。下葬后,十个姐妹用围裙兜土,堆起了一座最高的坟。从那时起,当地的人们就自然而然地叫它高高坟。几百年过去了,高高坟早已没了踪影,但是,高高坟的名字和这十个闺女行孝的故事却流传至今。

华　山

　　说起我喜欢济南华山的理由,真是多得数不胜数。我不但喜欢它那独立挺拔的身躯,也喜欢它四季如春的风景,更喜欢它悠久的文化与历史,山上山下都有许多传说故事。它不但是座历史名山,也是齐鲁文化遗产重要的组成部分。

　　华山位于山东省省会济南市的东北角,又称小华山,古代称华不注山,取于"花骨朵"的谐音,又名"金舆山",是济南名胜"齐烟九点"的诸山之首。虽然华山本身并不是特别高,海拔仅197米,但是,它矗立在黄河岸边的平原上,像一把利剑直插青天,因此就显得格外突兀了。它不像别的山那样山山相连,但它以独特的地理位置和自傲的气势,使古今名人为之赞誉不已。它历史源远流长,风景美丽宜人,给人们留下了太多往昔,历代的文人墨客也留下了不少名作佳句。唐代诗人李白的"昔我游齐都,登华不注峰。兹山何峻秀,绿翠如芙蓉。萧飒古仙人,了知是赤松。借予一白鹿,自挟两青龙。含笑凌倒景，欣然愿相从"至今被人吟诵。元代书画家赵孟頫所绘的《鹊华秋色图》堪称绝世佳作。华山不但文化气息浓厚，而且奇绝峻拔，山上有奇石遍布，有天造地设的"石龟""石蛇""青龙""白虎""飞仙岩""五指石""蛙石""一线天""仙人桥"等多处奇石景观。这些都是华山多姿的自然风光。华山南眺泰山、千佛山，北望鹊山。仰望山间的花草树木，青翠欲滴，魅力多姿，山上的犄角旮旯里都撒满了绿色与美丽。它那充满神奇的境界，几千年来，趾高气扬地紧靠在省城的臂膀之中，显得那么清高，那么宽厚，那么柔情，又是那么圣洁。崇高的山体之间，树枝如垂落的天幕。茂密的树丛中藏着形状各异的怪石，展示着大自然的优美和磅礴。这一处独具特色的杰作，纯属大自然的恩赐。

初春，潺潺的细雨从天而下，顺着蜿蜒的山路流淌，像乳汁喂养着山中的花草树木。它们吮吸着甘甜的乳液，立刻就伸展复舒，枝条垂帘。鸟儿略过树梢，不时传来几声委婉的浅鸣，发出严冬后的欢唱。

太阳透过树叶的缝隙，把碎银似的光洒下来。游人在树荫的掩护下，钻进一条用银片铺成的小路，立刻就被这胜景的灵气所感染。山花遍野，葱翠欲滴，令人陶醉。人与自然都显得那么生机勃勃，精神在这绿色的海洋里得到了洗涤，心情也格外轻松。在这清幽媚秀之地，目光与自然的碰撞，心与历史的交汇，会产生无穷的遐想。

游人攀上巍峨的华山之巅，享受一下山风洗去灰尘的感觉，目光开始向四周探索。居高临下，一座雄伟壮观的宫殿尽收眼底。这座宫殿便是华阳宫。华阳宫占地9万平方米，依山而建，布局错落有致，大小庙宇隐于林间。这座庞大的宫殿既饱含着古人的忠义之气，也积存着古人的智慧和奉献精神。宫殿周边池塘遍布，荷花被翡翠的叶子托出水面，透着光泽，透着鲜艳，在池塘上舞姿翩翩，风流潇洒。绿色的麦田与山相连，被风一吹，荡起层层波纹，像海洋，又像是被精裁细剪过的绿毯，也像是为这座山精心准备好的温床。几千年来，此山安然地躺在这温床之中，和人类结下了永久的不解之缘。在这座具有优秀文明的齐鲁古城身旁，有这么一处自然景点闻名于世。这一山一水一宫殿的风光，成为这座古城的忠诚伴侣，真叫我感慨万千，心潮澎湃。

远眺芙蓉落水中，清风彩云黄鹂鸣。
含烟九点香幽起，鹊华秋色追美景。

真的是优哉，乐哉，幸哉也。

奶奶的纺车

奶奶虽然过世多年，但是她的纺车仍在。每每看到奶奶的纺车，我都会想起很多往事。

从我记事起，就看到奶奶夜以继日地坐在自己用高粱叶编织的铺垫上，不停地纺线。奶奶纺的线又细又匀，我特别佩服奶奶的这双巧手。那一筐白花花的棉花，在奶奶的手里，搓成布济（济南人把棉花条叫布济）。然后奶奶弯着身子坐在纺车前，把棉花丝缠绕在纺车的锭杆轴上，右手转起来纺车，左手拿着布济，棉条在奶奶悠扬的动作下一押一拉，一条洁白的细线就从奶奶的手里拉出来了。

  奶奶把纺好的线穗从纺车上摘下来，放在身边的小笸箩里。小笸箩里的线穗满了以后，奶奶就端到织布机前，把线穗装到线梭里，端庄地坐在织布机前。奶奶的两只小脚交替踩着织布机的踏板，双手不停地左右推动着线梭。在奶奶娴熟的操作下，一块洁净的白布就从织布机里吐了出来。接下来，奶奶将调配好的蓝色糊剂，用印花板印在白布上，拿到院子里，铺在席子上晾干，一块蓝底白花的精美的布料就做成了。想不到一个大字不识的农村老太太竟然有这么高明的创意。奶奶就这样一年四季不停地迈着尖尖的小脚，蹒跚在老家的宅子里，为一家人的衣衫被褥辛勤地劳作着。

  自从奶奶去世，老家的宅子一直闲着，因为我和爸爸妈妈在市里居住。前两年，听说历城区老家要进行旧村改造，我回到离市区二十多公里的老宅清理闲置的杂物。奶奶的纺车上面布满厚厚的灰尘，我扫去纺车上面的尘土，摇了几下，还可以转。这架凝聚着奶奶的心血和汗水，为我们祖孙三代立下汗马功劳的纺车如今被历史淘汰，我的心潮起伏。我仿佛看到，奶奶坐在月光下手摇纺车那优美的身影，眼泪情不自禁地流了下来。

济南泉城路的历史变迁

　　济南的泉城路是一条典型的老街,它既承载着历史记忆,也见证着古往今来的变迁轨迹。我家住在榜棚街,我踏着泉城路上的青石板度过了青少年时代,泉城路上的一砖一石,一草一木都给我留下了深刻的记忆。在二十世纪六十年代,街上根本没有孩子们的娱乐场所,当时泉城路上的图书馆,是我小时候经常去的地方。在图书馆里,我常常被书里说古谈今的故事吸引。泉城路,自元朝形成主干道以来,就是官署衙门的所在地。这里曾经是济南城里最为繁华的大街,是明清时期政治、经济中心。明朝时称为济南府大街,清乾隆年间叫西门里大街,贡院两边分别叫院东大街和院西大街,还有院前大街等等。这里除了以官署衙门命名的街道以外,也是商业老字号的聚集之地,有瑞蚨祥绸布店、宏济堂药店、新华书店、一大食品店、燕喜堂饭庄等等。

　　泉城路上给我留下最深印象的就是亨得利钟表店,因为我经常到店门口听一些很好听的唱片。该店是中国最早经营钟表的商家,那里卖的大多数是瑞士进口手表,并且负责钟表维修,同时还经营眼镜、乐器、银器、唱机、唱片、高级钢笔、望远镜等。亨得利钟表店自1918年入驻济南,距今已有100多年的历史了,是在钟表行业中规模最大、品种最全的知名连锁店。

  这条历尽沧桑的古老街道，随着时代的发展，逐渐发生了变化。1953年，部分隆祥布店仓库被拆除，建起了济南百货大楼。泉城路上的百货大楼，成为当时济南市区最大的商业中心。这座具有中国传统建筑风格的四层大楼，成为泉城路上的新标志。1955年，百货大楼建成，并且拓宽了院东大街和院西大街，紧接着，完成了从西门桥至青龙桥之间所有路段的拓宽工程，形成一条车行道宽15米、人行道各宽4～5米的中轴线主干道，是当时济南市内最宽的道路。1965年11月，西门月城街、西门大街、院西大街以及南北向的七忠祠街、福德巷5条街巷合并，以济南雅称泉城命名为"泉城路"。随即又将院东大街、府西大街、府东大街以及南北向的金牛丝巷、郑家胡同、北斗巷6条街巷合并到泉城路。所以说，今日的泉城路其实是由1965年前的11条街巷合并而成。1986年6月5日，高大的皇亭体育馆正式建成。2001年6月到至2002年4月泉城路又进行了第三次大规模的拓宽工程，成为一条准步行街。

  如今的泉城路，高楼大厦拔地而起，既是山东省政府、省人大、省政协等机关的办公驻地，也是山东省金融聚集区、精品商业及特色服务区，泉城路的演变也展示着济南跨进新时代的步伐。这条"金街"将不再是简单的商业街，而是变成济南一张新的名片。泉城路，具有独特的地理位置，充满蓬勃和持久的生命力，既有历史的厚重，也有现代的繁华。

  泉城路，不管经历多少沧桑变幻，它永远扎根在济南人的心中，深植于这座城市的历史文化长河里。它是千百年来济南人的无以替代的精神财富。人们生活在这座充满活力的文化名城里，感到无比骄傲和自豪。这种情真意切的乡恋之情，时时刻刻牵动着我们的心。所以我拿起笔来，在打造美好家园的同时，续写这座城市的华章，让文字纪念乡愁和历史文脉，让这座璀璨的明珠古城大放异彩。

过 年

　　我小的时候，最盼望的节日就是过年。在二十世纪五六十年代，对我们这些七八岁的小女孩来说，过年可是一大乐事。

　　快到过年的时候，奶奶就去赶大集。在大集上，奶奶会置办一些过年的东西，并扯上几尺布。那时候，人们只有过年才能穿件新衣裳。奶奶还会给我买一朵用卷纸制作的小红花，将它插在我头上。我跟在奶奶的身后，高兴得又蹦又跳。

　　在我们历城县老家，腊月二十九，是一家人最忙的一天。妈妈和奶奶要蒸上供用的馍馍，还要做各种各样上供用的菜，那场面比娶媳妇置办大席还要盛大。爷爷去世得早，最重要的任务就落在了爸爸的肩上。爸爸把家堂请出来，恭恭敬敬地悬挂在正屋的中间（家堂上面都是逝去先人的名字）。挂完了家堂，爸爸就去贴对联，贴门神，然后把院子打扫得干干净净。最重要的就是在院子正中竖一根灯笼杆,这个灯笼杆可不一般。

传说姜子牙封神的时候，把所有的神位都封完之后，留下了玉皇大帝这个位置想让自己来坐。这时姜子牙高兴地用家乡方言说道："玉皇大帝咱且来。"话音刚落，一个叫张且来的人就立刻坐到了玉皇大帝的宝座上。因为姜子牙的方言"咱"跟"张"字的发音相同，正好有个叫张且来的人在这里等候想求个神位。这时姜子牙虽然心里不服，但是封神不是儿戏，当着众多神仙的面，事情已成事实，所以姜子牙啥官位也没有。平日里姜子牙可以东游西逛，可是，到了过年的时候，各路的神仙都有人供着，只有姜子牙没有牌位。玉皇大帝想，怎么着也得给姜子牙一个位置呀，于是他就下旨，过年的时候让人间的凡人在院子的正中竖个灯笼杆，把灯笼杆这个位置交给了姜子牙。

年三十吃过早饭，妈妈和奶奶就把准备好的供品摆到八仙桌上。鸡鸭鱼肉，瓜果梨桃，糖果点心，这些平日里吃不到的东西，此时在供桌上应有尽有。大年三十这天，家家户户的晚饭吃得特别晚，因为晚上得把逝去的祖先到庄头上接回来（也叫"接老的"）。在老家接祖先特别隆重，爸爸抱着牌位，我们跟在爸爸的身后，来到庄头。庄头上人山人海，鞭炮齐鸣，放完了鞭炮，人们烧香磕头，嘴里不停地喊着"老爷爷老奶奶回家过年了"。在回家的道路两边，还要插上蜡烛或点燃的香，把整条街装点得灯火通明，这样会为祖先照亮回家的路。

把祖先接回来后，才能煮饺子，饺子煮好了，得先让祖先吃，然后我们才能吃。

大年初一，老家的风俗是儿媳妇在这一天要放假，家务活都由婆婆来做。如果家里没有婆婆的，就由男人来做。这一天，老人要在家里接待来拜年的乡亲们。在老家，拜年有很多的讲究。除了没出嫁的女孩拜年时不磕头，其他人拜年都得在家堂前面磕头，磕头的时候还要说出来这个头是磕给谁的，比如爷爷、奶奶、大爷、大妈、叔叔、婶子等。家里的长辈有多少，就磕多少个头。磕完了头还有赏，长辈们不是给块糖，就是给块点心。最重要的一点就是，如果左邻右舍，乡里乡亲，在平日里闹点小矛盾，闹点小别扭啥的，大年初一到家里来拜个年磕个头，以前的事就一笔勾销了。

在老家，正月里的每一天都要祭拜各路的神仙，其中包括一鸡，二鸭，猫三，狗四，猪五，羊六，人七，马八，九果，十菜。这期间，院子的香台就起到了最重要的作用。初一祭拜鸡神，是吉祥如意的意思。初二祭拜鸭神，是日子过得呱呱叫的意思。初二要早起，因为这天也是财神爷进门的日子，有句顺口溜：谁家烟筒先冒烟，谁家的日子先冒尖。初三祭拜猫神，是不让家里招老鼠的意思。初四祭拜狗神，是不让家里招贼，看好宅院的意思。初五祭拜猪神，是肥猪满圈的意思。初六祭拜羊神，是喜气洋洋、洋洋得意的意思。初七祭拜天神（人神），这天要喝面条，是拴住腿别让孩子跑了的意思。初八祭拜马神，是马到成功的意思。初九祭拜果神，果指的是所有的农作物，是五谷丰登的意思。初十祭拜菜神，是蔬菜满园的意思，菜神与财神同音，也是祭拜财神的意思。

以上各路神仙，还要区分老、中、青。正月前十天的神仙是代表年轻人的，中间十天的神仙是代表中年人的，后十天的神仙是代表老年人的。所以奶奶在正月里的每一天都要上供。

下一个节日就是二月初二，俗称"二月二"，这天奶奶要把所有的神仙都请过来。院子的香台上，摆着丰盛的供品。奶奶上了香，烧了纸，磕了头，然后还要在院子里打满粮囤。粮囤也叫粮仓，就是把各种粮食分别放在提前用稻草编织的小篓里，摆满角角落落，让各路的神仙吃饱喝足了，回去担起自己的职责。

奶奶常说，今天盼，明天盼，吃完了炒豆，搬出纺车拉长线。从初一，到十五，出了正月就种田，男耕女织又一年。

后 记

　　生活的路本身就是一座陡峭的险峰,峰顶属于那些不断攀登的勇敢者,好东西是不会让人轻而易举地得到的。我几十年一路走来,说是个强者也好,说是个执着的人也罢,不管别人怎么说,我始终没有放弃"追求"二字。老骥伏枥的雄心依然尚存,奋斗是我永远的目标。古人云:"施人慎勿念,受施慎勿忘。" 我一步一个脚印地走到今天,迈着苦尽甘来的步伐踏进老年人的队伍,更应该珍惜未来的每一分钟,让夕阳的晚钟敲出人生的价值来。

　　岁月在无情中流去,一转眼将近半个多世纪过去了。我已近暮年,所以就想写点文字来弥补一下人生的缺失。我写这本书,并非想当什么"作家",只是因为多年以来,有一种东西总是时刻敲击我的心,让我日夜不得安宁。箭在弦上,不得不发。动笔之前,自知学识浅薄,又苦于无援,难以完成这个心愿。但我还是横下心来"孤军奋战",挖空心思,不惜一切代价努力构思。我在生活中,走了不少坑坑洼洼的弯路,它们始终没把我绊倒。我这样咬紧牙关挺着,是因为总觉得心中有个夙愿尚未完成。只要一息尚存,我不会放弃任何一次机会。我是怀揣着悲凉凄怆走向人生的尽头,还是仰视宇宙之大,俯察世界之广,三思过后,我毅然选择了后者。争取在有生之年,努力写好这部作品，让自己活得更有意义些，绝不虚度晚年这段好时光。

自从我离开工作岗位，便把写作当成一项主要任务来完成，每一个字、每一句话我都认真地推敲，写出平平常常的一段故事，去争取属于自己的人生。

几年来我废寝忘食，以笔耕田，深知写作是一项劳神费心的工作；我昼夜伏案爬格，深深体会到写作的过程是对精神和毅力的一种考验。尽管我有一些几十年的所见所闻，也占"有米下锅"的优势，但终因自己绠短汲深，导致这部书还不够圆满和理想，在文字上、段落上、顺序上有很多弊端和瑕疵。还望各位读者朋友多提宝贵意见，更欢迎批评指正。

冶　金

2022 年秋于济南